あの空に花が降るとき、僕はきっと泣いている

森田碧

ポプラ文庫ピュアフル

目次

CONTENTS

プロローグ……6
第一章　届かないメッセージ……15
第二章　レモンティ……59
第三章　愛の言葉……79

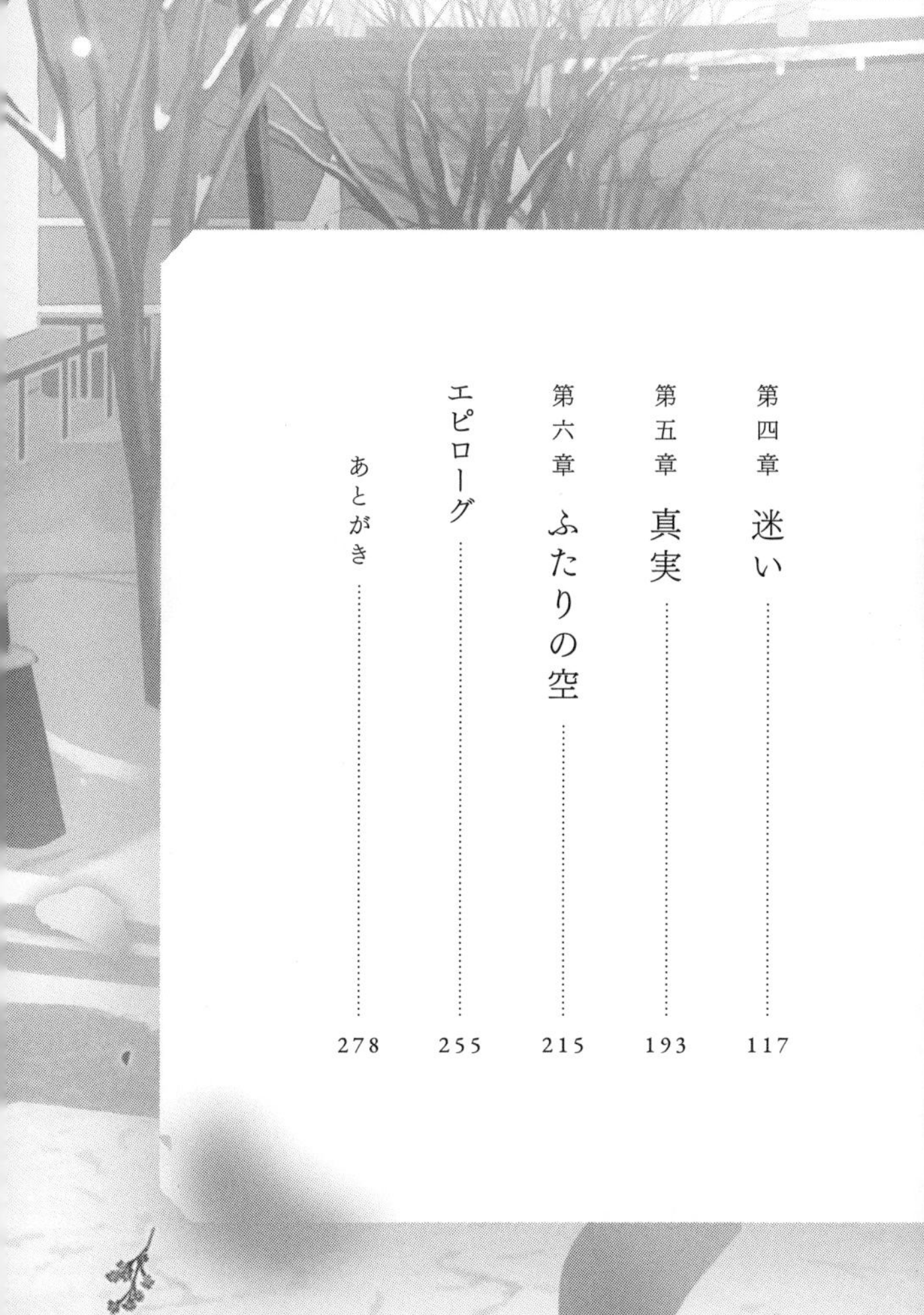

第四章　迷い　117
第五章　真実　193
第六章　ふたりの空　215
エピローグ　255
あとがき　278

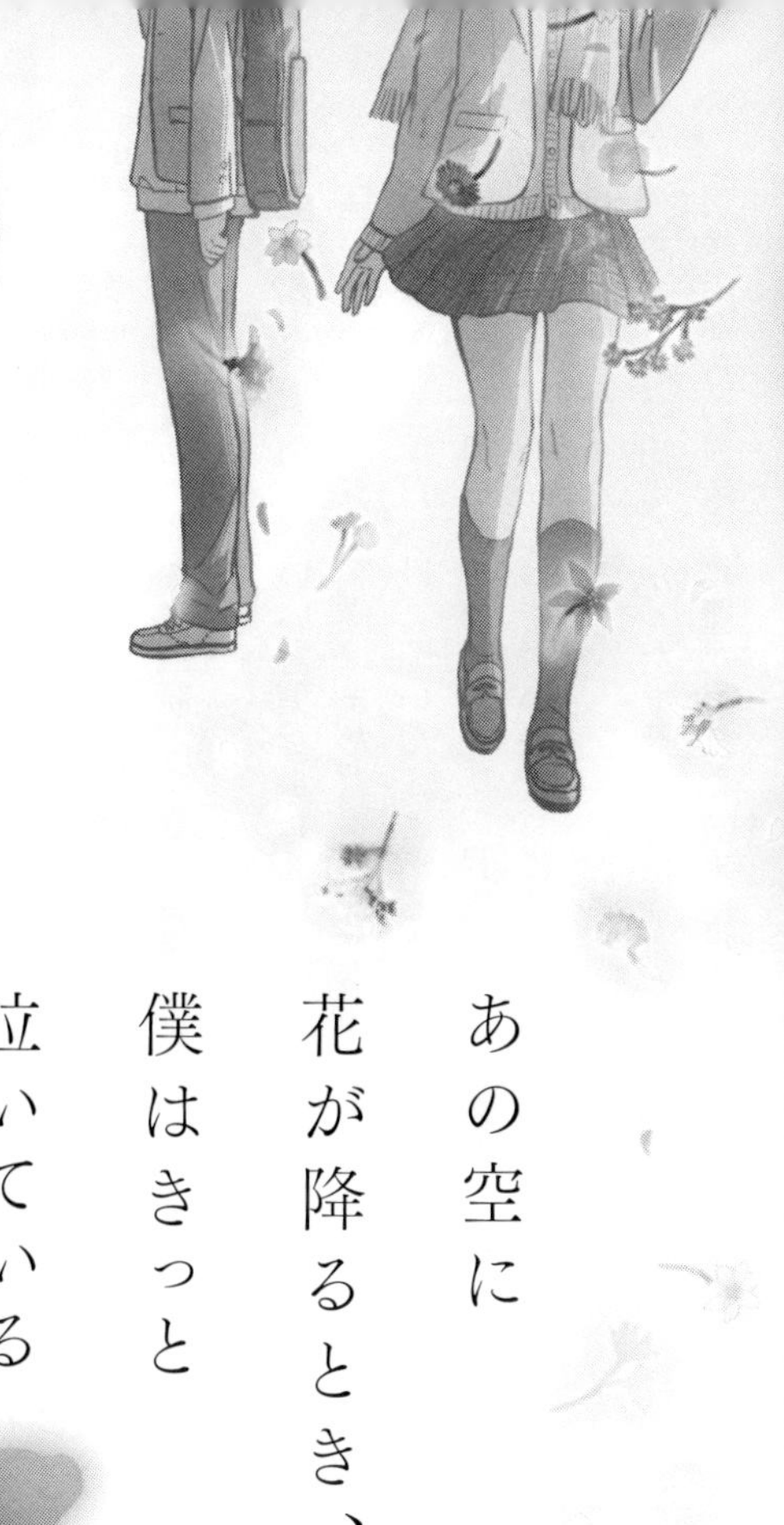
あの空に
花が降るとき、
僕はきっと
泣いている

プロローグ

真っ暗な部屋の中で布団を頭から被り、恋人だった一ノ瀬千夏のアカウントにメッセージを送る。

『こんばんは。なんか眠れなくてさ、暇だから送ってみた。今日もなにもしないで部屋に引きこもってた。そろそろ学校行かないとなぁ』

深夜だというのにすぐに既読がつき、直後にピコン、という通知音とともに返事が届く。

『愛は死よりも強し。いい言葉だよねぇ』

届いたメッセージに、僕はまた返事を送り返す。

『それ、誰の言葉だっけ。聞いたことあるような、ないような』

『知ってる？　月にも地震があって、月震っていうらしいよ。数十分から数時間揺れが続くこともあるんだって。いつか月に住みたいなって思ってたけど、そんなに長時間揺れるなら嫌だなぁ』

『へえ、それは知らなかった。そんなに揺れたら酔いそうだな』

『函館山からの景色、綺麗だったね。また行きたいなぁ』

噛み合わないやり取りがしばらく続き、虚しくなったところで話を終わらせて画面を閉じた。函館山に行ったときのことは僕もよく覚えていた。千夏と最後に出かけた場所がそこだったから。

ゆっくりと目を瞑ると、千夏とふたりで行った函館山からの景色が浮かび上がる。

高校二年の秋、夜の函館山を訪れたのはその日が初めてだった。千夏は入院先の病院から一泊二日の外出許可を得て、久しぶりに函館市内を見て回りたいと言った。

一日中市内の観光名所を回り、最後にやってきたのが標高三百三十四メートルにある函館山展望台。山麓にあるロープウェイに乗って約三分。外の景色を眺めているとあっという間に山頂に到着する。

彼女と交際を始めてから最初のデートの場所がこの展望台だった。そのときは昼間に訪れ、薄らと雲がかかって景色はあまりよくなかった。そのせいか観光客も少なく、展望台は閑散としていたのを今でも覚えている。

この日は平日にもかかわらず観光客で混雑していて、外国人の姿も多い。この場にいる誰もが、眼下に広がる極彩色の夜景に携帯やカメラのレンズを向けている。屋上展望台の転落防止のフェンス際はとくに人が密集していて、写真を撮るための順番待ちの列ができて警備員が忙しなく誘導している。

車椅子の千夏はうんと背筋を伸ばして身を乗り出しているが、きっと観光客の背中しか見えていないだろう。

「やっぱ夜は混むね。寒いし、もっと厚着してくればよかった」

千夏は車椅子の背もたれに背中を預け、肩をすぼめて身震いした。九月の中旬とはいえ、山頂は風が冷たい。

「一階のロビーに行ってみる？　ここよりは空いてると思うから」

上着を一枚脱いで千夏に羽織らせてから車椅子を押し、混み合っている山頂広場を通って屋内へ移動する。

山頂展望台は四層構造になっていて、一階はロープウェイの山頂駅や待合ロビー。二階には夜景が一望できるレストランやイベントホールがあり、三階にはティーラウンジがあって、最上階は屋上展望台となっている。展望台の周囲には山頂広場や駐車場、それから小さな公園も整備されており、この時間帯はピーク時であるためどこへ行っても混雑していた。

エレベーターに乗って一階で降り、ロープウェイのチケット売り場の前を通って待合ロビーへ。展望台に比べると人は疎らで、いい場所を確保できた。

ロビーはガラス張りで写真を撮ると自分の姿が薄らと写りこんでしまうのが難点だが、人混みや風を気にすることなく景色を楽しめる。

夜の深い闇にぼんやり浮かぶ漆黒の海と、煌びやかな街明かりのコントラスト。千夏は子どものように口を開けて眼下に広がる景色を眺めている。

その眩い輝きは、僕たちがこの街で生まれ育ったとは思えないほど遠くに感じてしまう。どんなに手を伸ばしても決して届かない、どこか別の世界の街のようでもある。

しばらく無言で見入っていると、千夏がふと思い出したように口を開いた。

「ねえ翼、知ってる？　函館山のハート伝説」

「ハート伝説？」

「そう。函館山から見える夜景の中にね、『ハート』の文字がどこかに隠れてるんだって。それを見つけたら、一緒にいる人と幸せになれるっていう言い伝えもあるらしいよ」

前に向き直り、千夏が話したハートの文字とやらを目を彷徨わせて探してみる。なんとなく『ハ』の文字は見つけられたが、それに続く文字は確認できなかった。

「それともうひとつ、函館山の夜景には『スキ』の文字も隠されてるんだって。頑張って探してみて。わたしはもう見つけたから」

「えっ、まじ？　ヒントちょうだい。どの辺？」

ガラスに鼻先が触れそうなほど身を乗り出して探してみるが、何度目をこらしてもやっぱり見当たらない。

「自力で見つけないと効果がないらしいから、教えられないなぁ。ネットで調べて答えを見るのもだめだよ」

千夏に行動を先回りされていて、ポケットから取り出した携帯をそっと元に戻す。

仕方なく自力で探してみたが、結局最後まで隠された文字は見つけられなかった。

あ～あ、と気落ちした千夏の車椅子を押しながらロープウェイに乗りこみ、山麓へ下りる。

「次来たときは絶対見つけるから。リベンジさせて」

「次があればの話だけどね」

「あるって、絶対。また外出できると思うから。それより明日はどうする？　病院戻る前に行きたいところとかない？」

不貞腐れた千夏を宥めるように優しい口調で問いかけると、「わたしの歌」と、千夏は言った。

「わたしのためにつくってくれるって約束したよね。それが聴きたい」

「ああ。それはもうちょっと待って。歌詞は半分くらいできてるんだけど、曲の方がまだ時間かかりそうで、完成したらまた病院の屋上で聴かせるから」

そっかぁ、と千夏は不満そうに唇を尖らせる。

僕は昔から楽曲制作が趣味で、つくった曲を千夏に歌ってもらったり、自分の代わりに機械が歌ってくれるソフトを活用して動画投稿サイトに載せたりしていた。

先月千夏に「わたしのために曲をつくってよ」と頼まれたのだが、まだまだ完成とはほど遠い出来栄えだった。

「わたしは全然待つけど、病気は待ってくれないかもよ？」

儚げにそう呟いた千夏に、「待ってくれるって」と根拠もなく半笑いで告げる。だといいけどねぇ、と彼女はため息交じりに零す。

これから先も、僕たちはずっとふたりで歩んでいけると疑いもなく信じていた。

そのはずなのに、彼女の言葉に胸がずんと重くなる。

「今日はいろんなところに行けて楽しかったなぁ」

ロープウェイの中で、千夏が朗らかな口調で僕に笑いかけた。きっと僕が落ちこんでしまったと悟って、沈んだ空気を払拭させようと無理に明るく振る舞っているにちがいない。

「そうだねぇ」と、僕も無理やり笑顔をつくって声を弾ませる。その声は自分の声じゃないみたいで、虚しく響いた。

ロープウェイが下っていき、やがて遠くに見えていた景色も消えていった。

「あ、見て。今日は満月だよ。夜景に目を奪われてたからかな、さっきは全然気づかなかった」

山麓駅を出たあと、車椅子を押して函館駅へ向かっている道中、千夏が腕を伸ばして夜空を指さした。緩やかな下り坂が続いているため、正直そんな余裕はなかったけれど、空を仰いでみるとたしかに満月が輝いていた。

静かな夜に、眩い月の光がしんしんと降り注いでいる。星々の光をかき消し、まるで僕たちふたりを照らすように、漆黒の夜空にでかでかと浮かび上がっていた。

「月が綺麗ですね」

仰々しく咳払いをしてから、静寂を切り裂くように千夏がぽつりと呟いた。

「うん。綺麗だけど、なんでいきなり敬語になってんの？」

問いかけると、千夏は車椅子に座ったまま僕を振り返った。

「え？　いやだから、月が綺麗ですねって」

「ん？　うん。綺麗だと思う」

僕がそう返すと、千夏は大きなため息をついて前に向き直った。なぜため息をつかれたのか皆目見当がつかず、「どうかした？」と聞き返した。

「なんでもない」

千夏は不貞腐れたように零し、その後は僕がなにを話しかけても機嫌が直ることはなかった。

——千夏が亡くなったのは、その日から一ヶ月が過ぎた頃だった。

休日に根を詰めてようやく曲が完成し、ギターを背負って千夏の病室に出向き、数日前から意識のない彼女の目覚めを待った。しかし彼女は僕が帰宅したあと容態が急変したらしく、そのまま目を覚ますことなく息を引き取った。

僕はその日から無気力になり、廃人のように日々を空費していった。

第一章

届かないメッセージ

千夏が死んだ十月から不登校気味になりながらも、僕はぎりぎり三年に進級することができた。しかし新学期が始まって数日間は通っていたが、それ以降は一ヶ月以上学校を休んでいる。

何度か登校しようと試みたが、高校を通り過ぎてそのまま自転車で津軽海峡に面した大森浜まで向かい、ひたすら海を眺めて黄昏ることもあった。イヤホンを挿して好きな音楽を聴きながら、なにも考えずにそこで何時間も過ごすのが好きなのだ。

千夏が死んでからというもの、なにをするにもやる気が起きなくてそんな怠惰な日々を僕は過ごしていた。

新しいクラスは一番後ろの席で、担任も無難で悪くないのだが、どうしても学校へ行く気にはなれない。

その日も昼頃にベッドから体を起こし、部屋の片隅に鎮座しているアコースティックギターを手に取って適当に音を鳴らす。小学生の頃から愛用しているせいか、焦げ茶色のツヤのあるボディはところどころぶつけて塗装が剝げてしまっている。

「音が伸びないな……」

ギターを爪弾きながら、ぽつりとひとりごちる。しばらく弦を張り替えていなかったし、フレットも汚れてきている。

ギターをケースに入れ、服を着替えてから携帯を手に取り、千夏にメッセージを送った。

『ギターの弦を張り替えに行ってくる』

メッセージを送ると瞬時に既読がつき、すぐに返信が来る。

『今日はなにするの？』

届いた文面を見て、さらに返事を送る。

『だから、ギターの弦を張り替えにサウンド速水に行ってくるんだってば』

『ゲームばっかりしてないで、勉強もちゃんとしなよー』

まるで会話が嚙み合っていないが、いつものことなので気にせずに携帯をポケットに入れて部屋を出る。

外に出たのは一週間ぶりだろうか。一日中カーテンを閉め切った部屋で過ごしているせいか、強い日差しに目が慣れるまで時間がかかった。

目を半開きにしたまま自転車に乗り、函館市の数少ない楽器店である『サウンド速水』へ向かった。

自宅から自転車で約十五分。創業五十年を超える函館のバンドマン御用達の小さな楽器店。函館市出身のあの伝説的なロックバンドのメンバーたちも高校生の頃に通い詰めていたという噂もある。派手な赤い扉が目印で、僕は小学生の頃からお世話になっていた。

店の前に自転車を停めて入店すると、お馴染みのロック色の濃いギターのＢＧＭが耳に届く。

「おお、染野（その）くん久しぶり。いらっしゃい」

「どうも」

店主の速水修司（しゅうじ）さんが満面の笑みで出迎えてくれる。以前は修司さんの父親が店を切り盛りしていたが、五年ほど前に体調を崩してからはアルバイトとして働いていた息子の修司さんが店を任されることになった。

三十代半ばの、長髪の気さくな店主。楽器のことは、彼に聞けばなんでも答えてくれる。

ギターをケースから取り出し、弦の張り替えを依頼するとすぐにやってくれるとのことで、終わるまで店内に展示されている楽器を物色する。

壁一面に並べられた様々なギターやベース、キーボードにドラムセット。アンプの品揃えも豊富で見ていて飽きない。

店内の奥には小さな貸しスタジオもあって、何度か利用したことがあった。

目の前にあるギブソンのアコギを手に取り、試奏してみる。太くて温かみのあるギブソンの音が鳴り響き、僕の安いギターとの差に思わず感嘆のため息が零れる。

ギター愛好家にとって垂涎（すいぜん）の的とも言える名器のひとつで、値段は僕のような一介の高校生にはとても手が出せるものではなく、いつも試奏しては名残惜しく思いながら元の位置に戻すだけだった。

「そういえばこの前、永戸くんから聞いたよ。また学校休んでるんだって？」

レジカウンターの奥で、弦を張り替えながら修司さんが聞いてくる。センター分けの長い髪が垂れてしきりに髪をかき上げている。

永戸は小学校からの幼馴染みで、千夏が死んだことも知っている旧知の仲だ。

「……まあ、そうっすね。なんか怠くて」

「心配してたよ、永戸くん。このままじゃ留年だって」

「べつにそれでもいいっていうか、むしろやめてもいいし……」

「千夏ちゃんも心配してると思うよ」

修司さんはギターと向き合いながら優しい口調で諭すように言った。千夏も生前はよくここへ一緒に来ており、修司さんとも顔見知りだった。修司さんもまた千夏の死を知っていて、ここへ来るたびに僕を励ましてくれていた。

「……気が向いたら行きます」

無難にそう答えて今度はエレキギターを手に取り、激しく音を鳴らして強引に話を終わらせた。先日父親からもそろそろ登校したらどうかと説得されたが、まさかここでも同じことを言われるとは思わなかった。

エレキギターを置き、出入口に視線を向けると派手な貼り紙に目が留まる。それはバンドメンバー募集の案内だった。どうやら、近隣の高校生のバンドがギタリストを募集しているらしい。

『高校生限定。最低限ギターが弾ければOKです。興味のある方は、こちらのメールアドレスに……』

ギターやドラムセットの絵が描かれ、カラフルに装飾された貼り紙。応募条件は満たしているけれど、知らないやつらとバンドを組む気にはなれない。そもそも僕はロックよりもポップスやフォークが好きだし、バンドは一度も組んだことがない。ひとりでのんびりとギターをかき鳴らし、自分の好きな曲をつくる方が性分に合っている。

貼り紙の応募要項を最後まで読まずにドラムセットの前に足を運ぶと、先日千夏から届いたメッセージをふと思い出す。

『なにか新しいことを始めるとか、夢中になれるものを見つけたら、わたしが死んだ悲しみも紛れると思うよ』

僕の現状を的確に予測し、千夏はそんなメッセージを送ってきた。夢中になれるもの、と言われてもそう簡単に見つかるものでもない。知らないやつらとバンドを組んだ程度で、千夏を失った悲しみが紛れるとは到底思えなかった。

「はいよ。弦交換完了～。フレットも磨いといたから」

修司さんは僕のギターを抱えて、じゃららん、と音を鳴らしてみせた。交換前に比べると音の伸びもよく、フレットもピカピカで僕の安いギターは息を吹き返したように生き生きとしている。

「ありがとうございます」

代金を支払い、再度お礼を述べてからサウンド速水をあとにする。以前は用がなくても店内の中央にある椅子に腰掛けて楽器を弾いたり修司さんと音楽の話をしたりしていたが、最近はそれもしなくなった。

千夏が亡くなってからの僕は、人と関わることさえもしなくなった。

「あら、翼くん？」

帰りに寄ったコンビニを出ると、買い物袋を手に提げた千夏の母親と鉢合わせした。彼女は時々この辺りで犬の散歩をしていて、千夏が死んでからもこうやって顔を合わせることは何度かあった。

「こんにちは」

「翼くん、学校行ってないの？　余計なお世話かもしれないけど、高校はちゃんと卒業しといた方がいいよ。千夏も心配してると思うし」

先ほど修司さんに言われたばかりなのに、また同じことを言われてしまった。僕はうんざりしながらも、彼女に会釈だけ返して自転車を走らせる。

最愛の娘が死んだというのに、どうしてそんなにけろっとしているのだろう。千夏の葬儀が終わった翌日から、何事もなかったように彼女が犬の散歩をしていたのを覚えている。

背後から千夏の母親の声がまだ聞こえていたが、僕は振り返らずにペダルを漕いだ。


千夏とは小学五年のときに初めて同じクラスになって、本格的に仲良くなったのはその年の秋頃。千夏がなにげなく口ずさんでいた歌が、そのとき僕がハマっていたバンドの曲だったのだ。今でこそ知らない人はいないが当時はマイナーなバンドで、まさか身近に知っている人がいるとは思わず、つい声をかけてしまった。

「その曲、レッドストーンズでしょ。僕も知ってる。ちょうど昨日ギターで練習してたんだ」

「え、本当？　じゃあさ、この曲は知ってる？」

それがきっかけで千夏とはよく話す仲になった。中学に進学してからは一緒にライブに出かけたり、カラオケに行ったりと音楽を通じて僕たちは仲を深めていった。

「音楽ってさ、人と人を繋いでくれるんだよね」

千夏はそんなことをよく話していた。たしかに僕と千夏も音楽を通して出会ったし、永戸と仲良くなったのも音楽が機縁だった。

「その曲好きかも。歌詞はもうできてるの？」

ギターの練習をしにサウンド速水の貸しスタジオに赴き、僕についてきた千夏が身を乗り出して聞いてきた。つくった曲を最初に披露する相手は、いつも千夏だった。

「できてるけど、恥ずかしいから見せないよ」

「いいじゃん、見せてよ」

「あ、ちょっと」

歌詞を書き留めたノートを千夏に奪われ、顔が熱くなる。千夏は僕が書いた歌詞を無言で眺め、やがてぱたりとノートを閉じた。

「……なにこれ、めちゃくちゃいい！　切ないけど前向きな歌詞になってるし、曲にも合ってると思う！　ちょっと歌ってみてもいい？」

まさかそこまで絶賛されるとは思わず、さらに赤面してしまう。それをごまかすように顔を伏せてギターを弾きはじめる。千夏は探るように声をメロディにのせていく。

彼女の綺麗な歌声がスタジオに響き渡る。自分のつくった曲を目の前で歌ってくれることに気恥ずかしさと嬉しさが同時に込み上げ、鳥肌が立った。

「やっぱいい曲だね。これ、動画投稿サイトにアップしてみたら？　絶対人気が出ると思うよ」

「いや、無理だって。どうせ誰も聴いてくれないと思うし……」

「そんなことないって。わたしがひとりで一万回再生するし、宣伝も頑張るから！」

千夏に背中を押され、後日動画投稿サイトに曲をアップロードしてみたが、案の定再生回数は伸びなかった。言い出しっぺの千夏に歌ってほしかったが、恥ずかしいからと断られ、仕方なく音声ソフトを使用した。

それでもめげずに曲をつくっては投稿し続けていると、少しずつ再生回数は伸びていった。

僕は千夏と過ごすうちに気づけば恋に落ち、もっと彼女のことを知りたいと思うようになった。なんとなく千夏も僕のことが好きなんだろうなと気づいていたが、夏休み前には永戸のバンドのボーカルで学校でも人気のある藤代からの告白を断ったと彼女に聞いた。

うかうかしていられないな、とそれを聞いてすぐに自分から交際を申しこんだ。

だから千夏と付き合い始めたのは、僕たちが中学二年の十四歳の頃。夏休みに花火大会があって、それが終わったあとに千夏の自宅へ送る途中で僕から告白したのだ。

「あの……よかったら付き合う？」

あまりにも照れくさくて、とても告白と呼べるようなものではなかったけれど、ようやく切り出せた自分を褒めてやりたい。

千夏は「なにその告白」と不満そうではあったが、「いいよ」と僕の手を取ってくれたのだった。

付き合いはじめてからはとくに大きな喧嘩もなく、交際は順調に進んでいた。

――千夏の病気が見つかるまでは。


その日の夜。自室のベッドに横になっていると携帯が鳴った。ごろりと反転してうつ伏せのまま携帯の画面を覗くと、届いたのは永戸からのメッセージだった。

『さすがにそろそろ学校来ないとやばいぞ～。染野の気持ちもわかるけどさ、もう半年以上経ってるんだし、いつまでもそのままでいたら一ノ瀬も悲しむと思うよ』

また千夏か、とため息をつく。三年に進級して不登校になってから、永戸からそんなメッセージが頻繁に送られてくるようになった。毎週末、家にやってきて、僕の部屋でギターをかき鳴らしつつ学校へ来いと催促するのだ。頑なに断り続けているけれど、たしかに彼の言うようにそろそろ出席日数が足りなくなる。

もうすぐ六月になるし、このままいけば夏休みを迎える前に学校からなんらかの通達が来るだろう。

たとえそうなったとしても、僕はそれでもかまわなかった。

永戸への返信は後回しにして、千夏にメッセージを送る。

『こんばんは。今日は満月です』

瞬時に既読がつき、千夏のアカウントから返信が来る。

『頑張って。応援してる』

会話が成立していなくても、気にせずに文字を打ちこむ。

『出席日数が足りなくて留年するかもしれない』

『嬉しいなあ。ありがとう』

『嬉しいってなんだよ。喜ぶなって』

『函館山のスキの文字は見つかった？　ロマンチックだよね、スキが隠れているなんて』

そんな噛み合わないやり取りを毎日続けていた。

千夏が僕に残してくれたメッセージアプリの無料公式アカウント。主に企業や店舗が顧客にサービス情報などを提供し、宣伝目的で使用されているが、実は誰でも簡単につくれるらしい。

そこにメッセージを送ると、千夏が事前に設定した文章が自動で送られてくるのだ。

最愛の恋人を亡くしたあと、僕が悲しみに暮れないためにつくったのだと千夏は生前話していた。いたずら好きの彼女らしい忘れ形見のようなものなのかもしれない。

アイコンには一番盛れた写真を使用したようで、制服を着て満面の笑みでピースサインをする千夏がカメラ目線でこちらを見ている。

いったいいくつの言葉を設定したのか、未だに初めて送られてくる文章もあって千夏からの返事が毎回楽しみだった。返信内容はランダムなので、昨日と同じ言葉が返ってくることもあるし、奇跡的に会話が嚙み合うことも何度かあった。

それともうひとつ、指定した日にメッセージを送ることもできるらしい。先月の僕の誕生日には、僕宛てにメッセージが届くように千夏があらかじめ設定していた。

『翼、誕生日おめでとう！　ついに成人だね！　いやぁ、翼が大人になっちゃったのかぁ。なんか感慨深いね。直接祝えなかったのが心残りだけど、素敵な大人になってください。ちなみに来年の誕生日は自動メッセ設定してないから、期待しても無駄だからね』

僕の十八歳の誕生日、日付が変わった瞬間にそれは送られてきた。ほかにもエイプリルフールに受信したのは、『翼には黙ってたんだけど、実はわたしバツイチなんだよね。サウンド速水の修司さんと結婚してたの。隠しててごめんね』という内容。

そんなわかりやすい嘘を送ってきたときは思わず笑ってしまった。僕も適当に思いついた嘘を送り返したけれど、千夏からの返事とは当然嚙み合わず、虚しくなった。

千夏の言葉は僕に届くのに、僕の言葉は千夏には届かない。

それでも僕は心に空いた穴を塞ぐように、千夏にはメッセージを送り続けた。

このアカウントにはさらにもうひとつ、すばらしい機能がある。キーワード返信という画期的なシステムだ。それは特定のキーワードに反応して、千夏が事前に設定したメッセージが送られてくるというものだ。

僕が千夏に『誕生日おめでとう』と送ると、その言葉に反応して『ありがとう』と返事が来る。『辛い』と送ると、『辛くても頑張らないとだめだよ』と来るなど、千夏が設定したキーワードを打ちこめばそれ専用のメッセージが送られてくるのだ。『五稜郭タワー』と送ったときには、いつか千夏が撮ったであろう自撮り越しの五稜郭タワーの写真が送られてきた。

千夏の設定したキーワードがいくつあるのかわからないけれど、僕は毎晩千夏が隠した言葉を探し続けていた。

「ひとつだけ動画付きのメッセージを残したから、頑張ってキーワードを見つけてね」

病室のベッドで携帯を握りしめながら、得意げに笑った千夏の顔を思い出す。

千夏が亡くなってから半年と少し。僕は未だに彼女が残した動画付きのメッセージを見つけられずにいた。千夏が設定しそうな言葉をいくつも送ってみたが、動画が送られてくることは今のところなかった。

僕がその日見つけたキーワードは、『死にたい』という言葉だった。

『死にたい』と千夏にメッセージを送ると、僕を説教するような文章が返ってきた。

『冗談でもそんなことは言わないで。翼には、わたしの分まで長生きしてほしいから。そりゃあ誰だって生きていれば死にたいって思うこともあるかもしれないけどさ、なにも死ぬことはないよ。死ぬくらいだったら逃げ出しなよ。わたしならそうする』

自分が死んだあと、千夏は僕が死にたいと嘆くだろうと予想して、そんなメッセージを残してくれた。僕の考えていることは千夏にはお見通しのようだ。

『ごめん、死なないよ』

そう返事を送ると、千夏は入院中に観たであろう映画の感想を送ってきた。


幼馴染みの永戸真一が僕の家にやってきたのは、翌日の夕方頃だった。このあとバンド活動があるのか、ギターケースを背負っている。

「どうすんの、まじで。やめるんだったらすぱっとやめちゃって、来るなら来る。どっちかにしろよ」

永戸は言いながらギターケースを床に下ろし、勉強机の椅子に腰掛けて険しい表情を僕に向けた。

「行く気はあるんだけど体が動いてくれないというか、なんか怠くてさ……」

「ふうん。じゃあもうだめじゃん」

「だめかもな」

「……最近、曲はつくってないの？」

「つくろうとしても暗い曲ばっかできあがるから、最近は全然つくってない」

「重症だな。せっかくバズってたのにもったいない」

「あれはもういいよ。ほかの曲は全然伸びないし」

　中学生の頃から動画投稿サイトに投稿し続けてきた甲斐あって、三年前に注目を浴びたことが一度だけあった。再生回数は現在五十万回を超えている。音声ソフトを使って投稿したその曲を、人気のある歌い手がカバーしてくれたおかげで再生回数が飛躍的に伸びたのだ。

　しかし注目を浴びたのはその一曲だけで、ほかの曲の再生回数はほとんど伸びていない。

「染野がつくってくれた曲さ、悔しいけどライブでやるとけっこう人気なんだよね。いつものCLAY（クレイ）の楽曲と雰囲気がちがっていい、みたいな。またつくってよ」

　以前、永戸に頼まれて彼が率いているバンド、CLAYに楽曲を提供したことがあった。ロックは苦手だから、と一度は断ったけれど、ロックを意識しなくていいからと説得されて渋々引き受けたのだ。それが意外と好評らしくて驚いた。

「気が向いたらつくるけど期待はしないで。最近ほんとになんもやる気しなくてさ、

そもそもメロディがまったく浮かばなかった。そ

「それ最近じゃなくて、一ノ瀬が死んでからだろ」

彼の物言いにはむっとしたが、今の僕は怒る気力すら持ち合わせていなかった。そ

れに図星でもあったから、なにも言い返せない。

永戸は部屋の片隅に立てかけてある僕のギターを手に取り、ジャカジャカ音を奏で

はじめる。永戸は六歳の頃からギターをやっており、僕が音楽に傾倒したのは彼の影

響を受けたからでもあった。ギターの演奏も彼に教わった。

彼の家は音楽一家で、母親のお腹にいるときから胎教にいいからと音楽を聴かせら

れていたらしい。永戸が率いているバンドではギターを担当しているが、楽器は全般

得意で歌も歌える。

函館市を代表するあのロックバンドを昔から私淑（ししゅく）しているそうで、バンド名のＣＬ

ＡＹもそこから取ったと話していた。

永戸は僕のギターを爪弾きながら、ハミングしはじめた。思いついたメロディを口

ずさみつつ、適当なコード進行を弾く。やがて鞄の中から五線譜ノートと鉛筆を取り

出し、ぶつぶつ呟きながら採譜していく。

僕が曲をつくるときはギターを弾きながら携帯のボイスメモで録音して、ある程度

形になったらパソコンの楽曲制作ソフトを用いてほかの楽器を足すなどして肉づけし

ていく。ギター一本で作曲して、ノートに書き留めるアナログスタイルの永戸とはやり方がちがった。

　永戸がひとたび曲をつくりはじめると、話しかけても生返事ばかりでやがて僕の声は届かなくなる。こうなると彼は時間を忘れて作曲に没頭するので、僕はいつも漫画を読んだりゲームをしたりして過ごしていた。

　永戸はああでもないこうでもないとぼやきながら、鉛筆を片手に作業を進めていく。僕は漫画を手に取って自分の時間を満喫する。そのとりとめのない時間が昔から好きだった。

　結局永戸は一時間もするとそれまで書き留めた譜面を破り捨て、「こんなんじゃだめだ」と頭を掻きむしって嘆いた。

「とにかくさ、もう一回学校来たら？　それでも怠かったら、やめるとか留年するとか決めたらいいじゃん。染野がこんなんなってるって一ノ瀬が知ったらさ、きっと悲しむと思うよ」

　帰り際にそう言い残して、永戸は僕の部屋を出ていった。彼の気遣いには感謝しつつも、それに応えられない自分に嫌気がさす。

　千夏も僕が不登校になるかもしれないと懸念していたのか、新学期が始まった直後に『ちゃんと学校行ってる？』というメッセージが来たこともあった。

携帯を手に取り、また懲りずに千夏にメッセージを送る。

『やっぱ学校行った方がいいかな。千夏はどう思う？』

息をつく間もなく返事が届く。

『ラッピのチャイニーズチキンバーガーが食べたい』

その文面を見て思わず口元が緩む。函館市発祥のハンバーガーショップである『ラッキーピエロ』が千夏は好きで、入院中もラッピに行きたいと常々話していた。

『僕も食べたい』と送ると、またしても脈絡のない言葉が返ってきて、ひとりで笑ってしまう。

解決しないとわかっているけれど、こうやって千夏にメッセージを送るだけで不思議と心が安らぐのだ。まるで本当に千夏と会話をしているかのようで。

奇跡的に会話が嚙み合うときや偶然キーワードを見つけたときは、なんとも言えない幸福感に包まれる。その瞬間だけ天国にいる千夏と繫がれたような気がして。

このアカウントの存在を知っている永戸には、「まだ送ってるんだ」と呆れられているが、やめるつもりは毛頭なかった。

その後も千夏とやり取りを続け、気がつくとまたなにもせずに一日が過ぎていった。

数日後、再び永戸が放課後に僕の部屋にやってきた。今日も学校へ来いと催促されるのかと思いきや、「面白い動画を見つけた」と彼は部屋に入るなり、携帯の画面を僕に見せてきた。

どうやら動画投稿サイトに投稿された動画らしい。既存の曲をカバーする、いわゆる歌い手のアカウントだった。『レモンティ』という名前で活動しているらしく、チャンネル登録者数は一万四千人程度。アマチュアが歌だけでそこまで登録者を獲得するのは難しいことだが、なにが面白いのか彼の意図がわからなかった。

永戸が数ある動画の中からひとつを選んで画面をタップすると、聴き覚えのあるイントロが流れはじめた。

「これって……」

「そう。この人、染野がつくった曲をカバーしてんの。でも俺が言いたいのはそこじゃなくて、ほかに気がつくことない？」

携帯を受け取り、画面を凝視する。流れているのは僕が三年前につくった『止まらないラブソング』という最も再生回数が伸びた曲だ。恋に盲目なクラスメイトを題材にした疾走感のあるラブソング。

適当につけたタイトルは今でも後悔しているが、カバーしてくれた人はそれなりに多い。だから他人が僕の曲をカバーした動画を見せられても、そこまで驚きはしなかった。

「なんだろ。べつにおかしなところはないと思うけど」

「いや、よく見ろって」

もう一度画面に目を向けて注意深く観察してみる。首から上は隠れているが、制服を着用した女子高生であることだけはわかる。彼女が弾いているアコースティックギターのメーカーはわからないが、特段高価なものには見えない。むしろ相当傷んでいて使い古されているように見えた。

ギターを弾きながら、やがて彼女は囁くように歌いはじめた。

その歌声を聴いて、はっと息を呑んだ。

耳に届いたのは柔らかで透き通った歌声。高音も細くならずによく伸びていて、なめらかで耳ざわりもいい。しかしなによりも僕が驚いたのは、レモンティの歌声が千夏にそっくりなことだった。

この曲も千夏に歌ってもらったことはあるが、レモンティは千夏よりも上手で安定感がある。けれど声質はほぼ一緒と言ってもいい。目を瞑ると千夏が目の前で歌っているのかと思うくらい声が似ていた。

「千夏に声がそっくりってことか」

答えを提示すると、永戸はうんざりしたようにため息をつく。

「ちがうって。この制服、見覚えない？」

「制服？　あ、これうちの高校の制服に似てるかも」

「似てるんじゃなくて、たぶんうちの高校の女子の制服だよ。それと背景の壁、よく見てみて」

　レモンティが体を揺らしながら歌っている背後に、グレーの壁が映っているのが見て取れる。目を凝らすと薄らと壁の傷が確認できた。その傷を見て、ようやく彼の言わんとしていることが理解できた。

「これってサウンド速水の貸しスタジオじゃない？」

「そう。この制服でこの場所ってことはうちの生徒でまちがいないだろ。しかもリボンの色からして同じ学年だと思う。三組の渡辺（わたなべ）が動画を見つけたらしくてさ、今レモンティは誰なのか学校で話題になってるよ」

　動画はサビに突入する。レモンティは激しくギターをかき鳴らし、澄んだ歌声で僕のつくった曲を完璧に歌い上げる。むしろその曲は、元から彼女のものだったと思えるほどに馴染んでいた。

「俺のバンドに入ってくれないかな、このレモンティって人。うちのボーカルより絶対人気出るよ。てかさ……」

　永戸はまだなにか話していたが、もう僕の耳には入らなかった。レモンティの歌声は、僕にとってはどんな歌手よりも魅力的で胸の奥にまで届いた。

その後も永戸は、僕のギターを手すさび程度に弾きながら学校での出来事などを話してくれたが、僕は話半分に聞いて携帯でレモンティのことを調べた。

彼女はSNSは一切やっていないようで、プロフィールなどのめぼしい情報は見つけられなかった。

イヤホンを携帯に繋げ、投稿されているほかの曲も聴いてみる。やはり彼女の歌声は、千夏にそっくりだった。僕が千夏のためにつくった曲を代わりに歌ってほしいとさえ思うほどに。

そうすることで僕は、塞ぎこんでいた毎日から脱却し、もう一度音楽と向き合えるかもしれない。僕と千夏を繋いでいた音楽をレモンティに歌ってもらうことで、もう一度千夏と繋がれるかもしれない。そんなことはないと頭ではわかってはいるけれど、彼女の歌声は、曲づくりに没頭していたあの日々を思い出させてくれた。

「そろそろ帰ろうかな。またなんか面白い話あったら教えるわ。したっけね」

「あ、ちょっと待って！」

ドアノブに手をかけた永戸を、とっさに呼び止める。

「ん？」

「さっきの話だけど……レモンティって人、捜してみてくれない？」

「え、どうしたの急に」

「いや、その……。すごく好きな声だったから」

永戸はドアノブから手を離して振り返り、不敵な笑みを見せて答える。

「いいよ。でもその代わり、条件がある」

「条件？」

「明日から学校に来い。そしたら俺もレモンティを捜すの手伝ってやるから」

永戸が提示した条件に対し、すぐには答えを出すことはできなかった。永戸は僕の目をじっと見つめて返答を待っている。

そのとき脳裏を掠めたのは、先日千夏から届いたメッセージだった。


――なにか新しいことを始めるとか、夢中になれるものを見つけたら、わたしが死んだ悲しみも紛れると思うよ。


新学期の開始に合わせて千夏が日付指定で送ってきた、僕の背中をそっと押してくれるようなメッセージ。始業式から三日ずれて届いたし、結局僕は不登校になってしまったけれど、僕がこうなることを案じて言葉を残してくれたことが嬉しかった。

きっと彼女は道しるべのように僕を励ます言葉をいくつも設置し、この先も僕を正しい方向へと導いてくれるのだろう。

「……わかった。明日、行けたら行くよ」

「うん。待ってるからな」

　永戸はそう言って今度こそ部屋を出ていった。

　はたして本当に行けるのだろうかと思いながら、さっそく千夏に報告する。

『明日からまた学校に行ってみようと思う。朝起きれたらの話だけど』

　既読がつき、すぐに返事が来る。

『あなたの明日の運勢は……なんと中吉です！　ラッキーカラーは黄色で、ラッキーアイテムはフルーツ！　明日の朝食はバナナで決まりだね』

　タイミングよく明日の運勢が送られてきて面食らった。どうせならバナナではなく、レモンであれば幸先がいいのだけれど、なんて思いながら返事を考える。

　千夏はこういったおみくじのようなメッセージもいくつか設定してくれたらしく、先月送ったときには大凶と書かれた文面が返ってきたこともあった。『今日はなにをやってもうまくいきません。家にこもって勉強をしましょう』と。

　わざわざ大凶なんて設定することないじゃないかと苦笑したけれど、それも千夏らしくて微笑ましかった。

『明日は中吉かぁ。まあ大凶よりは全然マシか。ちょっとだけやる気出たわ。ありがとう』

千夏の次の返事は『眠い』のひと言だけで、眠たそうな千夏の顔が容易に想像できておかしかった。

翌朝、いつもより数時間早く起きてリビングに下りてきた僕を見て、両親は驚いていた。

「やっと行く気になったか」と安堵する父さんと、「無理することないのよ」と憂慮する母さんと久しぶりに三人で朝食を摂り、それから自転車に乗って四月以来の学校へ向かう。今日の僕のラッキーカラーだという黄色のハンカチをポケットに忍ばせて。

約一ヶ月半ぶりの学校は当たり前だけれどなにも変わっていなかった。相変わらず騒がしいし、廊下を全速力で駆け抜けるやつもいて早くも帰りたくなる。

後方のドアから静かに教室に入り、ぼんやりと覚えていた一番後ろの自分の席に腰掛ける。誰もが驚きの表情を浮かべて僕に視線を向け、ぼそぼそとなにやら話している。永戸は隣のクラスだし、新しいこのクラスで顔見知りの生徒は永戸のバンドでドラムを担当している西島（にしじま）だけだが、まだ彼の姿はなかった。

「あの……。そこ、私の席ですけど……」

その声に顔を上げると、ひとりの女子生徒が僕の席の前に立っていた。

綺麗な声だと思った。彼女は僕の目を見ずに視線を下げ、制服の胸元をぎゅっと摑（つか）

んで怯えた様子で佇んでいる。

　髪の長さは鎖骨の下あたりまで伸ばしたセミロングだが、顔を隠すように前髪が伸びている。その前髪の間から覗く大きな瞳やふっくらとした唇は、やや震えているようにも見えた。

「昨日、席替えがあって……。そこ、私の席です」

　僕が押し黙っていると、彼女はまた目を伏せて怯えたように指摘してきた。もしかすると彼女にとって不登校の得体の知れない生徒は、恐怖の対象なのかもしれない。

「そうだったんだ、ごめん。べつに怪しい者じゃないから、そんなに怖がらなくてもよくない？」

　冗談交じりに告げて席を立つと、彼女はぺこりと頭を下げて僕が座っていた椅子に素早く腰掛けた。

　変なやつ、と思いながら自分の席を探すが、まだまだ空席が多くて見つかりそうにない。

「そこ……だと思います」

　しばらくその場に佇んでいると、彼女は俯いたますっと長い腕を伸ばし、斜め前の席を指さした。

　どうやらそこが僕の新しい席のようだ。

どうも、と小さく頭を下げてから着席する。そういえば初日の自己紹介のとき、今みたいに挙動不審に挨拶をしていた女子生徒がいた。椅子から立ち上がってから声を発するまで時間がかかり、背中を丸めて自分のお腹を見つめているのかと思うほど首を曲げ、ぼそぼそ名乗って着席していた。

名前は忘れてしまったが、その姿がやけに印象的で今でも覚えている。それが先ほど僕に話しかけてきた彼女だった。

やがて永戸が僕のクラスにやってきて、「おお!」と僕を見つけると声を上げた。

「染野、まじで来たんだ。絶対来ないと思ってたのに」

「暇だったからな。それより、約束忘れんなよ」

「わかってるって。いろいろ作戦練ってきたから、放課後空けといて」

嬉しそうに僕の背中をバシバシと叩き、永戸は自分の教室へと戻っていく。永戸と入れ替わるように登校してきた西島は僕の顔を見るなり目を丸くして、約一ヶ月半ぶりに登校した僕を褒め称えてくれた。

ちょっと大袈裟すぎる気もしたけれど、歓迎されて悪い気はしなかった。

昼休みになると、永戸が再び僕の教室にやってきてドラムの西島に耳打ちし、その直後にふたりは教壇に立った。

「はい注目～！　永戸の提案で今日の放課後にほかのクラスのやつらも集めてカラオケ大会を開くことになったんだけど、来れるやついる？　五組の綾瀬も来るって」

西島が声を張り上げると、「行きたい！」と手を挙げた生徒が数人。永戸の提案と聞いて、きっとレモンティをあぶり出すための作戦なのだろうと悟った。五組の綾瀬はバスケ部に所属する学年一のモテ男で、女子の参加を促す目的で彼の名前を出したにちがいない。

永戸と西島は手を挙げなかった生徒ひとりひとりに声をかけ、出欠の可否を取りはじめた。

「朝宮さんはどう？　カラオケ行かない？」

その軽い声に振り返ると、西島が今朝僕の席を教えてくれた女子生徒を勧誘していた。朝宮と呼ばれた彼女は下を向いたまま首を横に振り、「私はいいです」と控えめに答える。

「次、隣のクラス行くぞ」

永戸と西島は教室内にいる生徒全員に声をかけたあと、廊下へと飛び出していった。ひとりでも多くの女子生徒をカラオケに誘い出し、その歌声を聴いてレモンティを見つけ出す作戦だろう。

そして迎えた放課後。永戸の話によると集まったのは二十九人。そのうちの半数以上は女子生徒とのことで、急な誘いにもかかわらずよくそれだけの人数を集めたものだと永戸の行動力と人望に舌を巻いた。

「とりあえず、今日来るやつの歌声を確認してみるわ。染野も来るだろ？」

「いや、僕はサウンド速水に行ってみるから、そっちは頼んだ」

「あ、そっか。修司さんに聞いた方がたしかに早いかもな」

レモンティはサウンド速水の貸しスタジオを利用していたのだから、まずは修司さんに話を聞きにいくのが定石だと僕は思っていた。しかし永戸はその選択肢は頭になかったようで、「お前、頭いいな」と僕を褒めた。

バンドを率いるリーダーシップやカラオケ大会を企画する行動力を兼ね備えていながら、少し抜けたところもあるのが彼のよさでもあった。

カラオケへと向かう集団を見送ってから、僕はサウンド速水へ自転車を走らせる。

永戸は学校中が歌い手のレモンティの話題で持ちきりだと話していたが、一度もその名前を耳にしていない。高校生の話題や流行りは入れ替わりが激しく、今日はSNSで問題発言をして炎上したインフルエンサーや昨日の歌番組の話がほとんどだった。

そもそもレモンティが本当に同学年なのかも疑わしい。在学中に着用していた制服を着て、卒業生が動画を撮った可能性も十分に考えられる。そうなると見つけるのは容易じゃない。

サウンド速水に入店し、売りもののギターの手入れをしていた店主の修司さんにさっそく訊ねてみる。

「修司さん、ちょっと聞きたいことがあるんですけど」

「いらっしゃい染野くん。あれ？　制服着てる。なに、復活したの？」

修司さんは僕の服装を見ると、嬉々とした表情で聞き返してくる。

「あー、まあいろいろあって。それよりこの動画を見てほしいんですけど」

修司さんに携帯の画面を向け、レモンティの動画を再生する。最新の投稿は一ヶ月前となっているが、撮り溜めていた可能性もあるので最後にスタジオを利用した日はいつなのかわからない。

修司さんは動画をまじまじと見ながら、「これ、うちだね」と言った。

「やっぱりそうですよね。この人のことを教えてほしいんですけど、名前とかわかりますか？」

「う～ん、けっこういろんな人が使ってるからね、うちのスタジオ。今日も高校生の予約入ってるよ。まあ男子高校生のバンドだから、この子じゃないと思うけど」

「この制服、うちの高校の女子の制服なんです。覚えてないですか、この人のこと。顔の特徴とか、なんでもいいんですけど」

修司さんは困ったように苦笑いを浮かべ、手にしていたギターの手入れを再開する。

「なんとなく覚えてはいるし予約表を見たら名前もわかると思うけど、個人情報だからちょっと教えられないわ。ごめんね」

「……いや、そうですよね。無理言ってすみません」

「べつに謝ることはないけどさ。で、その子がどうかしたの?」

「いえ、なんでもないです」

踵を返してドアに手をかけると、「綺麗な子だったよ」と修司さんはぽつりと呟き、「挙動不審だったけど」と付け足した。

店を出て自転車に跨がると、僕はいったいなにをしているんだろう、と今になって自分の行動に疑問が湧いた。ただ千夏の声に似ていたというだけで、なにを必死になって見ず知らずの人を捜しているのか。仮に見つけたとして、そのあとはどうするというのか。

久しぶりに登校したこともあってか、どっと疲労感に襲われた。

顔を上げると三人の高校生が僕の横を通り過ぎ、楽しそうに会話をしながらサウンド速水に入っていった。やっとギターが見つかった、などと話していて、きっと店内の貼り紙にあったギタリストを募集していたバンドのメンバーたちなのだろう。

楽しそうで羨ましいなと思いつつ、ペダルを漕いで来た道を戻る。

帰宅して自室に入り、制服のままベッドに倒れこむようにダイブした。少し前まで毎日こんな日々を繰り返していたなんて、遠い昔のことのように感じる。

携帯が鳴って見てみると、永戸からのメッセージが届いていた。

『こっちはだめだったわ。今日来たやつの中にレモンティはいなかった。そっちはどうだった？』

その文面を見て、そっと画面を閉じる。

しばらく横になったあと、携帯にイヤホンを挿してレモンティの動画を再生する。有名なシンガーソングライターの曲をカバーした動画だ。

短いイントロのあと、いきなりサビから始まる曲で、彼女の朗々とした歌声が僕の頭の中に響き渡る。

やっぱり彼女の歌声はすばらしい。ただうまいだけでなく、聞き手の胸にしっかりと届くような説得力と力強さがある。楽曲のメッセージ性と彼女の熱い歌声が合わさり、僕の胸を震わせた。千夏の歌声に似ているというのもあるけれど、ただのファンとしてレモンティに会ってみたいという気持ちも膨らんでいく。

歌が終わると別の曲を再生し、また彼女の歌に酔いしれる。

「やっぱうまいよなぁ」

ひとりで呟きながら、目を閉じて唸った。

それから一週間、休まずに学校に通い続けたけれど、レモンティが話題に上ることは一度もなかった。

日曜日に永戸から『疑わしい人物を見つけた』と連絡が入った。呼び出されたカラオケ店に到着し広い部屋に案内されると、そこには十人以上の同じ高校の生徒が集まって盛り上がっていた。壁に沿うようにコの字形に設置されたソファ席に座っていたのは、ほとんどが女子生徒だった。

『黄色い服を着たやつ、六組の小島（こじま）っていうんだけど、歌声がレモンティにそっくりなんだ。さっきから選曲もそれっぽいし、服の色もレモンティカラーだし』

空いていた端っこの席に腰掛けると、永戸からこじつけのようなメッセージが届いた。僕は黄色の服を着た小島さんとやらに目を向ける。髪はロングで、切れ長の鋭い目つきが印象的なアンニュイな少女。ほかの人が歌っているときは携帯を怠そうに弄りながら時折欠伸（あくび）をしている。なんとなく僕が抱いていたレモンティの雰囲気に合っていると思った。こういうタイプの子が、マイクを握ると別人のように輝いたりするのだ。

『同じ学年の生徒の中で歌がうまい人はいないかって聞きこみしてさ、今日来てくれたやつは皆うまいよ』

永戸から追加でメッセージが送られてくる。まさか彼がそこまでしてくれるとは思わなかった。僕がまた不登校にならないように、彼なりに奔走してくれているようだ。

やがて小島さんの番がやってくる。イントロが流れ出すと、彼女は座ったままマイクを握った。永戸の情報どおり、たしかにレモンティが歌いそうな曲だった。有名な女性シンガーソングライターの、数年前に流行った失恋ソング。

僕は緊張しながら歌い出しを待った。彼女は怠そうな眼差しをモニターに向けて、それから深く息を吸った。

第一声を聴いて、僕は乗り出していた体を背もたれに預けた。たしかに永戸が言いたいことはわからなくもないし、小島さんの歌は上手だけれど、レモンティの歌声には到底及ばない。

永戸の視線を感じて目を向けると、「どうだ?」と彼は目くばせして僕に聞いてきた。

僕は手で小さくバツ印をつくり、首を横に振って否定した。永戸は顔をしかめて不満を露わにしたが、取り合わずに肩を竦めてやった。

僕は小島さんの歌の途中でトイレに行くと言って抜け出し、そのまま中座してその日は家に帰った。

ある程度予想はしていたけれど、レモンティ捜しは困難を極めることとなった。

その後は手がかりが摑めないまま時間が過ぎ、七月に入った。永戸はあれからレモンティ捜しに飽きてしまったのか、その話題に触れることもなくなった。夏休みにライブがあるそうで、その準備で忙しいようだ。

僕も最近は諦めかけていてレモンティについて考えること自体減り、夏休みが来る前にまた家に引きこもろうかと考えていた。

千夏が死んでから約九ヶ月。本格的に夏が始まっても、僕は懲りずに千夏にメッセージを送り続けている。

千夏が残したという動画付きのメッセージを見つけられないまま、いたずらに時間だけが過ぎていく。でも、千夏の隠したキーワードを見つけてしまったら、それ以降は彼女にメッセージを送る楽しみが半減して、僕はまた無気力になってしまうのではないかと恐れてもいた。

このままずっと見つからずに、彼女の影を追い続けるのも悪くないとさえ最近は思いはじめている。

函館市内も徐々に気温が上がり、夏らしい暑さを迎えた七月最初の土曜日の午後。僕はCDショップに赴いて好きなアーティストの新譜の確認をしたあと、サウンド速水へ向かった。

とくに用があるわけでもなく、読書家が書店を見て回るのと同じように、展示されている楽器を眺めているだけで満足するのだ。

生温い風を切りながら自転車を漕いで向かっていると、道の先にサウンド速水が見えてくる。その瞬間、僕は慌ててブレーキを握って自転車を止めた。

ギターケースを背負った見覚えのある前髪の長い女性が、周囲を確認してからサウンド速水に入店する姿を捉えた。キャップを目深に被っていたが、一瞬見えた顔は同じクラスの朝宮小晴でまちがいなかった。

自転車を降りて店の窓から店内の様子を窺う。朝宮はギターケースからギターを取り出し、それを修司さんに預けてぺこりと頭を下げた。

おそらく修理の依頼だろう。修司さんが受け取ったギターを店の奥に持っていくと、朝宮は店内を見て回り出した。どうやらギターを物色しているようで、手に取っては試奏し、元の位置に戻してはまた別のギターを手に取って試奏するというのを繰り返していた。

朝宮がギターを弾けたことに驚きつつ、もしかすると彼女がレモンティなのではないかと疑った。

先月ひとりでレモンティを捜索していたとき、彼女が怪しいと思ったことが実は何度かあったのだ。しかし内気な彼女がレモンティであるはずがないと結論づけ、早々に容疑者から外したのだった。

僕が彼女を怪しいと踏んだ理由は、三つあった。

ひとつは彼女の声。初めて彼女の声を聞いたときから、綺麗な声だと思っていた。歌声を聴いてみたいとさえ思うほどに彼女の声は印象的だった。

それからふたつ目は、彼女の首元のほくろ。レモンティの動画を注意深く見ていると、薄らと首元にほくろが見えたのだ。朝宮のほくろの位置と一致しているようにも見えて、ますます僕の疑いを深めた。

極めつきは、彼女が学校で飲んでいたものがまさにレモンティだったこと。休み時間になるたびに鞄の中にしまっていたレモンティを机の上に置き、ちびちびと飲んでいた。

「レモンティ好きなの？」

昼休みにレモンティを飲んでいた朝宮に思い切って問いかけたとき、彼女は慌ててそれを隠すように鞄にしまった。

「いや、昨日も一昨日も飲んでたからさ、好きなのかなって」

押し黙って答えない彼女に、取り繕うように補足する。朝宮は伏し目がちに口を開いた。

「好きか嫌いかで言えば……好きですけど」

好きですけどなにか？　とでも言いたげな口調で返されてしまい、それ以上会話は続けられなかった。

朝宮はクラスでは孤立していて、あまり目立たないタイプであることは登校してからの一ヶ月間でなんとなく把握していた。彼女が孤立している理由は明白で、とにかく人付き合いが苦手なのだ。

避けられているわけではなく、彼女自ら壁をつくっているように僕には見えた。話しかけられてもそっぽを向いてぼそぼそ答えるだけで、せっかく声をかけてくれた生徒に歩み寄ろうとする姿勢が一切感じられない。

常になにかに怯えているようでもあるし、歩くときは背中を丸めて廊下の隅を通り、下を向いてばかり。

とはいえそんな内気な朝宮をレモンティではないかと疑っていたのは、正直ほかに疑わしい人物がいなかったからという、消去法による疑念ではあった。彼女が歌を歌って動画投稿サイトにアップロードするようなタイプには到底思えず、やはりそんなわけがないと見切りをつけたのだった。

しかしそんな彼女がギターを背負ってサウンド速水に来店したものだから、消失した疑念は瞬く間に蘇った。黒のキャップに上は白のTシャツ、下はデニムといったシンプルな出で立ち。彼女の私服姿を見るのは今日が初めてだ。

朝宮はしばらく店内の楽器を吟味したあと、レジカウンターにいる修司さんにひと声かけてから店を出た。僕は急いでその場を離れ、店の前にあった自販機の陰に隠れる。

朝宮は僕に気づくことなく、乗ってきた自転車に跨がって去っていく。きっと修司さんに聞いてもなにも教えてくれないだろうし、だったら自分で手がかりを摑むべきだと判断して朝宮のあとを追った。

朝宮は数分自転車を走らせ、猫の看板が目印のカラオケ店にひとりで入っていった。これはチャンスかもしれない、と少し待ってから僕も続いて入店した。

案内された部屋からすぐに飛び出し、通路を徘徊して朝宮を捜した。しかし、ドアのガラスに張りついて中を覗くのは気が引けて、ただ通路をうろうろ歩き回ることしかできない。

ここでまた、僕はいったいなにをしているんだろう、と虚無感に苛まれた。こうなるともう気勢を削がれ、なにもかもどうでもよくなってくるのだ。

千夏が死んでから、なにか行動を起こそうとするたびにそれは突然襲ってくる。まだ来店して数分だというのに、もう帰りたくなった。家に帰ってベッドにダイブして、なにもかも忘れて眠ってしまいたい。

受付へ足を向けた瞬間、それまで各部屋から漏れていた音がぴたりとやみ、ここ最近何度も聴いた歌声が耳朶を打った。

　僕は吸いこまれるように歌声が聴こえてきた奥の部屋の前まで進み、立ち止まってわずかに聴こえる声に耳を澄ませる。

　やっぱり聴いたことのある歌声だった。ドアを一枚挟んでいてもはっきりとわかる。僕が彼女の清らかな歌声を聴きまちがえるわけがなかった。

　曲が終わり、次の曲が流れるのを待った。隣の部屋に飲みものを届けにやってきた店員に訝しげな目を向けられながらも、僕はドアの向こうから流れてくる歌声に耳を傾けた。

　しばらくその場に佇んでいると、見兼ねた店員に声をかけられてしまった。部屋をまちがえたことにして目の前のドアを開けてしまおうかと迷っていると、突如前方のドアが開いた。出てきたのは朝宮だった。

　ここ一ヶ月間探し求めていた人物であろう彼女が目の前に現れ、その瞬間に頭が真っ白になった。彼女も驚いたように目を瞠り、すぐに視線を逸らした。そして踵を返して部屋に戻り、鞄を手にして再び通路に出てきた。

　彼女はなにも見ていないと言わんばかりに顔を伏せて僕の横を通る。

「あの！」

　とっさに彼女を呼び止め、その背中に言葉を投げかける。

「レモンティ……で合ってる？」

朝宮は振り向かずに「なんのことかわからないです」とぼそりと言って、逃げるようにエレベーターに乗り、扉を閉じるボタンを連打する。さすがに無理やりエレベーターに乗るわけにいかず、僕は階段を下り、二階の受付でもたもたと支払いをしている朝宮を追いかけて、自分の会計を素早く済ませてから駐輪場にいた朝宮に再度声をかけた。

「待って。レモンティっていう歌い手がちょっと前に学校で話題になってたらしいんだけど、それって朝宮なんじゃないの？」

「ひ、人ちがいだと思います」

朝宮は僕の目を見ずに答える。明らかに動揺している様子で、ますます怪しい。

「止まらないラブソングっていう曲、歌ってたでしょ。あれ、僕が中学のときにつくった曲なんだけど……。僕もギターが趣味でさ、それで……」

「え……」

朝宮の動きが止まる。一瞬僕の目を見て、またすぐに視線を外す。

「さっきの歌声もまんまレモンティだったし、サウンド速水に預けたギターも同じだったし、首元のほくろも同じところにあった」

とどめを刺すように捲し立てる。すると朝宮は、はっとして首元を押さえた。

本当は彼女が修司さんに渡したギターはよく見えなかったのだけれど、朝宮の口を割るためにかまをかけてみた。

　すると朝宮は観念したように小さく息を吐き出し、「誰にも言わないでください」と頭を下げた。

「やっぱり朝宮だったんだ。話題になってたときに名乗り出たらよかったのに」

「いや、無理です。まさか話題になるとは思わなくて」

「うちの学校の制服着て動画撮るからじゃん。あれはどうして？」

「私服より制服着て撮った方が、再生回数が伸びたから……」

　それじゃ、と話を切り上げ、自転車を押して歩き出した朝宮を追いかけて、ふと思いついたことを提案してみる。

「余計なお世話かもしれないけどさ、朝宮ってあんまりクラスに馴染めてないっていうか、仲良い人もいないみたいだし、思い切って皆に話してみたら？　それがきっかけで友達ができるかもしれないし、朝宮とカラオケに行きたいって人もいるかもしれない」

　朝宮はなにも答えず、前を向いたまま歩き続ける。どうしてそこまで頑なに韜晦（とうかい）するのだろう。登録者を増やすチャンスでもあるのに。

「一組に永戸っていう友達がいるんだけどさ、そいつレモンティをバンドのボーカルにしたいって言ってたよ。でもまさか朝宮がレモンティだったなんて、皆びっくりりするだろうなぁ」

　ひとりで喋っていると、朝宮は突然立ち止まってぼそりとなにか声を発した。

「ごめん、もう一回言って」

「……私、人に見られるのが苦手っていうか、注目浴びるの嫌だから……」

「あ、そうなんだ。まあそういう人がいるのもわかるけど、慣れたら大丈夫だと思うよ。誰だって人前で歌うのは緊張するから」

「視線恐怖症なんです。中学のときいろいろあって、それから人の目が怖くなって……。だから誰にも話すつもりはないし、皆には黙っててくれると助かります」

　僕の返事を待たずに朝宮は自転車に跨がり、そのまま走り去っていった。今度は追いかけるわけにもいかず、僕は彼女の背中をただ見送ることしかできなかった。

第二章

レモンティ

親の仕事の都合で函館市に引っ越してきたのは、中学二年の秋のことだった。私はもともと函館で生まれ育ったが、幼稚園の頃にやはり親の仕事の都合で札幌に引っ越し、こっちへ舞い戻ってきた。

札幌の学校では友達も人並み程度にいたけれど、転校先の中学では馴染めなかった。小さい頃から人見知りする性格だったため、自分から声をかけることが苦手で、話しかけられてもうまく受け答えができない。

内気な私がすでにグループができあがっているクラスの中に溶けこむのは困難で、転校してから一週間も経たずしてクラスでの立ち位置が決まった。

スクールカースト最下層の、無口で地味な三軍女子。誰にランクづけされたわけではないけれど、教室内の雰囲気やほかの生徒からの扱いで嫌でも自分の立ち位置がわかってしまう。

丸一日誰とも言葉を交わさずに家に帰ることなんて頻繁にあったし、最長記録は土日を挟んで九日間、授業で当てられた以外ではひと言も会話をしない日が続いたこともあった。

札幌の友達とは変わらずに連絡を取り合っていたけれど、いつしか疎遠となり、私はついに孤独な毎日を過ごすこととなった。

もともとひとりで行動することは好きだったし、函館は海も近くて冬は札幌より雪が少ない。街並みも綺麗だし、友達は減ったけれどここでの生活も悪くないと思えた。

　そんな私の退屈だけれど平和な日常が一変したのは、中学三年の夏のこと。三年に進級してもクラス替えは行われず、私は三軍女子のまま昇格することもなかった。

　その日私は昼休みに同じクラスの川瀬さんに呼び出され、誰もいない空き教室に連れていかれた。そこにいたのは川瀬さんのほかに女子が三人。彼女らはスクールカースト最上位の一軍女子で、私とは縁のない華やかな世界にいる女子高生だ。

　四人は制服を着崩し、おしゃれに着こなしている。スカートの丈は一軍の女子にしか許されない長さで、校則で禁止されているはずの化粧も施している。

　グループのリーダーである川瀬さんは、私を睨みつけて冷たい口調で言い放つ。

「お前さ、昨日悠真と話してただろ。ブスのくせに、人の彼氏にちょっかいかけてんじゃねーよ！」

　川瀬さんは涙目になりながら私の肩を小突いた。川瀬さんの恋人である梶木悠真くんのことだろう。ふたりは私が転校する前から交際していて、最近はうまくいっていないのだと聞いた。聞いたといっても、彼女らの声が大きいから聞こえたわけで、たぶんクラスのほとんどの生徒が知っていると思う。

　そのせいでここのところ川瀬さんの機嫌が悪く、二軍以下の女子たちは皆怖がっていた。

「梶木くんから話しかけてきたから、私はそれに答えただけだよ」

言い終えてから、この受け答えはまちがっていたかもしれない、と気づいた。

「なに口答えしてんだよ！　謝れよブスが！」

案の定、川瀬さんは顔を真っ赤にして醜い言葉で私を罵った。ただ事実を言っただけなのに、それすらも許されないのかと憤りを覚える。私が好きなアーティストのロゴをモチーフにしたキーホルダーを鞄につけていたら、梶木くんもそのアーティストのファンだったらしく、好きな曲などを聞かれただけだった。

「でも私……なんにも悪いことしてないし……」

ここで引いてしまったら、私は卒業するまで川瀬さんの言いなりになってしまうのではないかと恐れた。

喧嘩をしたいわけじゃない。ただ私の主張も聞き入れてほしい。たったそれだけのことなのに、川瀬さんの罵倒は止まらなかった。

反論なんかせずに素直に謝罪しておけば済んだ話なのに、私の不用意なひと言が呼び水となり、次の日から平穏な学校生活が崩れて地獄の始まりとなった。

川瀬さんたちのグループによる執拗な嫌がらせ。ほかのクラスメイトからは無視され、時々話す同じ三軍女子たちも私から離れていった。きっと川瀬さんが朝宮とは関わるな、と根回ししたのだろう。もともと孤独だったとはいえ、意図的につくり上げられた孤独は精神的なダメージが大きかった。

「なんか臭くない？」

朝、私が教室に入るたびにそんな言葉が飛んでくる。

また別の日には、「教室が一気に暗くなった気がしない？」そう言われることもあった。

お弁当はひとりで屋外の非常階段で食べて、そのあとはチャイムが鳴るまで図書室で興味のない本を読んで時間を潰す。

授業中は背中に消しゴムのカスや丸められた紙くずが飛んでくる。上靴や教科書は隠され、机には日に日に落書きや覚えのない傷が増えていく。鞄につけていた大事なキーホルダーもいつしか紛失し、季節が秋に変わった頃には休みがちになった。

あと半年も我慢すれば卒業式を迎え、この苦しみから解放される。その言葉をお守りにして私は耐えた。敵は川瀬さんでも執拗ないじめでもなく、これは自分との戦いなのだと思うようにした。

当時の私の心の支えとなっていたのが、病気で入院していた祖父だった。昔から祖父母のことが大好きで、札幌にいたときはお正月に函館の祖父母の家に遊びにいくことが新年を迎える楽しみのひとつとなっていた。

私にとって函館に引っ越した最大の利点は、祖父母に頻繁に会えること。けれど、こっちに来るまで祖父が入院しているなんて知らなかった。私は放課後に祖父のお見舞いに行き、時には学校に行く振りをして朝から祖父の病院に足を運ぶこともあった。

「小晴、学校は楽しいか?」

あるとき昼で早退して祖父の病室で勉強をしていると、投げかけられた質問にどきりとした。私は平静を装って「楽しいよ」と笑顔で答えた。祖父は「そうかそうか」と笑みを返してくれる。楽しいのにどうして学校へ行かないのか、と祖父が聞いてこなかったことに安堵した。きっと気づいているんだろうなとは思いつつ、そこに触れてこないのは祖父の優しさなのだと思った。

祖父が座る車椅子を押して、穏やかな風を浴びながら中庭や屋上を散歩するのがとくに好きだった。屋上からは海が見えて、華やいだ笑い声とともにギターの音色が聴こえたこともある。音の出どころに目を向けると、私と同い年くらいの男女がベンチに座って談笑していた。男の子がギターを抱えて、私の知らない曲を弾いていた。

そんな日々が過ぎていき、私は祖父のおかげで辛い毎日をやり過ごすことができた。いじめのことは伏せて、学校での出来事や愚痴を祖父に聞いてもらうだけで、自然と心が安らいでいくのだ。教室で川瀬さんたちに酷い嫌がらせを受けても、なんとか耐えることができた。

しかし、さらなる悲劇が襲ったのは、そんな毎日を耐え抜いていた十一月の冷たい雨が降った日だった。

その日も昼休みを図書室で過ごし、チャイムが鳴る寸前に教室に戻ると私の机と椅子がなかったのだ。戸惑う私を見て、あちこちで冷笑が飛び交う。

「朝宮さんの机、あれじゃないの？」

川瀬さんの取り巻きの女子が窓の外を指さした。窓辺に駆け寄って見下ろすと、グラウンドの中央に投げ出された机と椅子が転がっていた。激しい雨に打たれ、机と椅子は泥だらけになっている。

途端に目に涙が滲んだ。どうしてここまでされなきゃいけないのだろう、と。それに対してなにも言い返せない怯懦（きょうだ）な自分が情けなかった。

楽しんでいる生徒。

無関心の生徒。

憐れむような目で見てくる生徒。

見て見ぬふりをして、助けてくれない教師。

皆嫌いだ。皆死ねばいい。

心の中でそう叫び、私は泣きながら机と椅子を回収しに冷たい雨が降る中を走った。

泥だらけになった机と椅子を持ち上げ、のろのろ歩いて校舎へと戻る。そのとき顔を上げると、教室の窓から私を見下ろしている生徒が見えて足が止まった。

各階、ほぼ全クラスの生徒が、窓越しに私を嘲笑うように見ている気がした。

かわいそう、ウケる、だっさ、なにあれ。

容赦のないいくつもの言葉が、冷たい雨と一緒に降ってくる。

その瞬間、私は膝から崩れ落ち、まともに息ができなくなってしまった。それまでどうやって息をしていたか忘れてしまうほど、不規則で不格好な呼吸を繰り返した。まるで激しい雨の中で、溺れてしまっているみたいに。

見兼ねた担任が手を貸してくれて、私は保健室でしばらく休み、呼吸が落ち着いた頃に家に帰った。

その日から私は不登校になり、部屋に閉じこもるようになった。しかしそれだけに留まらず、あの日の出来事がトラウマとなって人の視線が怖くなってしまった。教室の窓から私を蔑むように見る、あの数多の視線。それを思い出すと怖くて人の目を見て話すこともできなくなった。

親に病院に連れられ検査を受けた結果、社交不安障害のひとつである視線恐怖症と診断された。通院して定期的にカウンセリングを受けたり、薬物療法を用いたりといろいろ試してみたが改善することはなかった。

外出するときは帽子が必要で、短かった髪を顔が隠れるくらい伸ばした。

不幸は重なるものだと知ったのは、まさにその頃だった。

十二月に入ると長らく入院していた祖父の容体が急変し、息を引き取ったと病院から連絡があった。両親と祖母と一緒に病院へ向かっている車の中で、私は初めて祖父が癌(がん)であったと知らされた。日々弱っていく祖父の姿を見て、重病ではないだろうかと疑ったこともあったが、なるべく考えないようにしてきた。

小晴には負担をかけたくなくて、と私にだけは黙っていたのだと母が涙ながらに話した。信じらんない、と私も泣きながら真実を隠していた両親にきつく当たった。

祖父の葬儀にはなんとか参列できたが、視線恐怖症の影響で途中で抜け出してしまい、骨上げはできなかった。

心の拠り所でもあった祖父が亡くなり、学校へは行けず、外へも出られない——そんな私を救ってくれたのが音楽だった。

部屋にこもっているときは常に音楽をかけて、不安や迷いといった負の感情を紛らわせた。なるべく明るい曲は聴かず、私の気持ちを代弁して優しく寄り添ってくれるような曲を選ぶ。そうすることで私の気持ちをわかってもらえたような気になって、時には涙を流した夜もあった。

泣いていいんだよ、と私を肯定してそっと背中を押してくれるような曲を聴いたときは、涙が止まらなかった。

音楽がつくりだす感情の共有は、凄まじい力を秘めているのだとそのときに知った。

しかし音楽に心を癒やされたものの、視線恐怖症が治ることはない。高校受験が控えているため、親が家庭教師をつけてくれて勉強の遅れについては徐々に取り戻していった。家庭教師の先生とは面と向かって話すことはないから、それほど視線が気になることはなかった。

「小晴、おじいちゃんが使ってたギターがあるんだけど、よかったらもらってくれないかい？」

その日も学校を休んで部屋に引きこもっていると、祖母が古びたアコースティックギターを抱えて私の部屋に入ってきた。祖父の遺品の整理をしているときに、物置の中からギターが出てきたらしい。

祖父は若い頃、ジャズバンドを組んでいたそうで、解散してからは趣味程度にギターを爪弾いていた。私が小さい頃に一度だけギターの弾き方を教わったことがあったのを祖母が覚えていたようで、もらってくれないかと持ちかけてきたらしかった。

「そんなに高価なものでもないし、傷んでてまだ使えるのかわからないから、必要なかったら捨てちゃおうかと思ってたんだけど……」

祖父が亡くなってから、部屋で塞ぎこんでいる私を気遣って、祖母はこうして頻繁に私の部屋に入ってはなにか声をかけてくれることがたびたびあった。ギターを持ち出してきたのも、きっと私の様子を窺うついでなのだろう。

私が答えずにベッドに腰掛けたまま俯いていると、祖母は私の隣に座って優しく手を握った。

「いつまでも落ちこんでいたら、おじいちゃんも天国で小晴のことを心配すると思うよ」

「……うん」

「こういう話があるの、知ってる？　亡くなった人を想うとね、天国でその人の周りに綺麗な花が降るんだって」

「……そうなの？」

「ええ。小晴がおじいちゃんのことを思い出すたびに、ぱらぱらと花が降るの。だからね、きっと向こうでも幸せに過ごしてると思うよ。空から降ってくる花を見て、あ、また小晴が思い出してくれたって、今頃おじいちゃん喜んでるよ」

　なんて優しい言葉なのだろうと、祖母の話は私の胸に染み入るように響いた。私がおじいちゃんを思い出すたびに、おじいちゃんの周りに綺麗な花が降ってくるなんて。

　想像するだけで楽しくなるような、美しい情景が浮かび上がる。その言葉を聞いて、なんだか救われたように心が軽くなった気がした。

　祖母が部屋を出ていこうとしたので、私はとっさに呼び止めた。

「待っておばあちゃん。せっかくだからそのギター、私がもらうね」

祖父が大事にしていたギターなのだから、処分されるのはかわいそうだと思ったのだ。

ああよかった、と祖母は破顔してギターとケースを床に置き、部屋を出ていった。部屋の中央に置かれたギターをしばらく見つめたあと、手に取って状態を確認してみる。

きっと埃まみれだったのだろう、ボディは水拭きされたのかやや湿っている。所々傷んでいて割れている箇所もあって、長らく放置されていたのが見て取れた。試しに弦を弾いてみても、綺麗な音は鳴らなかった。

数日後、ギターケースを背負い、家から一番近い楽器店であるサウンド速水にやってきた。

展示されているギターを物色していると、「ギターをお探しですか?」と店員に声をかけられて心臓が止まるかと思った。三十代半ばくらいの、二重まぶたの優しそうな髪の長い男性店員。

弦の張り替えをお願いしようと思ってやってきたはいいものの、なかなか店員に声をかけられずにいたところに声がかかったのだった。楽器店は初めてで勝手がわからず、おどおどしているところを不審に思われたのかもしれない。

「いえ、あの……その……」

目を伏せて言葉を詰まらせていると、彼は私から一歩距離を取って「急に話しかけてごめんね」と申し訳なさそうに眉尻を下げて笑った。

「なにかあったら声かけて」

彼はそう言ってレジカウンターの奥へ下がっていった。

家庭教師や心療内科の先生以外の人と会話をするのはずいぶん久しぶりのことで、心臓が暴れ出して深呼吸を繰り返した。

数分後、意を決してギターをレジカウンターの上に載せ、汕々しい口調で弦の張り替えや傷んでいる部分の補修を依頼した。目深に被った帽子のツバで店員の視線を遮りながら。

すぐに直してくれるとのことで、終わるまでその様子を伏し目がちに眺めていた。

店内には私のほかに同い年くらいの男女がいて、ふたりで展示されているギターを熱心に見ている。

「このギターとかよくない？　翼のギターより全然かっこいいと思う」

「あ、いいかも。でもちょっと高いなぁ」

ふたりの会話を聞いていると、どうやら男の子の方が新しいギターを買おうか迷っているようで、ギターを試奏しては値段を見て諦め、また別のギターに手を伸ばして逡巡している様子だ。女の子の方は付き添いで来ているといったところ。

「千夏もギター始めてみたら？　教えるよ」

「わたしはいいよ。リズム感ないし」

そんな会話を聞き流しながら待つこと一時間。修理が終わったらしく、弦が張り替えられて綺麗に磨かれたギターを受け取る。

干からびたように色褪せていたギターは艶を取り戻し、割れていた部分も目立たなくなっていた。

祖母からもらった代金を支払い、何度もお礼を言ってから店をあとにする。

家に帰ってさっそく事前に古本屋で購入していたギター教本を開き、音を鳴らしてみた。

指が弦を弾くと、綺麗な音が鳴った。

たったそれだけのことなのに、嬉しくてたまらない。

その日から私は、受験勉強と並行してギターの練習に取り組むようになった。

ギターの練習を続けていくうちに、ぼんやりと弾き語りに挑戦してみたいという気持ちが次第に芽生えていった。動画投稿サイトで素人の人がギターやピアノを弾きながら歌う動画が私は昔から好きだった。

なんの取り柄もない私にもひとつだけ得意なことがあって、それは歌を歌うこと。

家族や札幌の友達とカラオケに行ったとき、皆口を揃えて私の歌声を褒めてくれたのだ。小学校の卒業文集では、歌手になりたいと書いた。

引きこもるようになって時間ができると、なにか新しいことを始めたいと思うようになり、思いついたのがギターを使っての弾き語り。

動画投稿サイトで歌い手として活動している人の中には、楽器を弾かずに音源を流して歌う人もいるけれど、せっかく時間もあるのだから弾き語りに挑戦してみたいと思った。


ある程度ギターを弾けるようになって動画投稿サイトに歌をアップロードするようになったのは、高校に進学して迎えた最初の夏休み。

あれから中学校にはほとんど行かず、卒業式も欠席した。受験はなんなくクリアし、時々祖父のことを思い出しては空の上に花を降らせた。

高校に進学したものの通えるだろうかと不安だったけれど、この学校には川瀬さんたちがいない。そう思うと心が軽くなった気がして問題なく通学できた。

もしかすると私は、視線恐怖症と同時に川瀬さん恐怖症も発症していたのかもしれない。

高校一年の一学期は何度か欠席した日もあったけれど、無事に夏休みを迎えられて安堵した。相変わらず人の視線は怖いし、恐怖症のせいでまともに会話もできず、友達はひとりもできなかった。

でも、私には音楽がある。授業が終わると真っ直ぐ家に帰って、自分の部屋でギターを爪弾くことがなによりも楽しみだった。

動画投稿サイトに載せる動画は、自分の部屋やカラオケ、サウンド速水の貸しスタジオを借りて撮った。貸しスタジオにはマイクやアンプもあって、歌い手としての動画を撮るには一番適していた。利用料が一時間千円というマイナス要素もあるけれど、いい動画を撮るためなら必要な出費だと判断し、一回の利用で撮り溜めることにした。

アカウント名は、悩み抜いて『レモンティ』に決めた。昔から好んでよく飲んでいて、アカウント名を考えているときもちょうどレモンティを飲んでいた。

最初の動画撮影には、中学の頃私を励ましてくれた曲を選んだ。いじめに遭って塞ぎこんでいた私を救ってくれたあの曲。

私のように苦しんでいる誰かを、今度は私の歌で救えたらいいなと、誰かの胸に届いてくれたらいいなと祈って撮った動画をアップロードした。

動画が反映されてからは気が気じゃなかった。自分の歌をここへ載せようと決めてから半年とちょっと。毎日試行錯誤しながらギターを練習し、指を痛めてテーピングが欠かせなかった日々が懐かしい。いろいろな思いが込み上げ、感極まって涙ぐんでしまった。

最初の動画はほとんど再生回数が伸びなかったけれど、めげずに投稿を続けていると次第に登録者や再生回数が増え、中にはコメントを残してくれる人も何人かいた。

『レモンティさんの歌声、めっちゃ好きです！　これからも頑張ってください！』

『毎朝通学中に聴いてます。もっといろんな人に見つかってほしい』

『今度「止まらないラブソング」っていう曲を歌ってほしいです！』

ひとつひとつのコメントに丁寧に返事をして、また別の曲を投稿していく。学校に居場所がなかった私が、ようやく自分の居場所を見つけられた気がしてたまらなく嬉しかった。

最低でも週に一回は投稿するようにして、視聴者のリクエストにも応える。

再生回数やコメントが来ていないか頻繁にチェックし、私は学業の傍ら歌い手としての活動にのめりこんでいった。制服を着て動画を撮ったときはいつもより再生回数やコメントが増え、以来動画を撮るときは制服を着用することにした。それに、もしかしたら同じ学校の生徒がこの動画を見つけてくれるかもしれないと、ちょっとしたスリルも味わいたかった。人気のないチャンネルであるため、まずバレることはないだろうとそのときは余裕をこいていた。一応顔出しはしていないわけだし。

登録者が一万人を超えたときは、嬉しくて飛び上がり、ベッドから転げ落ちた。

しかし制服を着て動画投稿を続けたことが仇となり、通っている学校を特定されて話題になってしまった。

三年に進級して一ヶ月が過ぎた頃、私の動画を見つけた人がいたらしい。投稿を始めて二年弱。最近は月に一本か二本投稿する程度で、登録者数も伸び悩んでいたのに見つかるとは思わなかった。

やっぱり制服を着て動画を撮ったのはまちがいだった。その日からレモンティ捜しが始まり、いつ自分に声がかかるか怖くなった。動画では顔は隠しているけれど、首元や髪の毛先が映っている。

しかし抱いていた不安は杞憂に終わり、レモンティ騒動は数日で収束してその後は話題に上ることもなかった。

このまま私の正体がバレて、ちやほやされたらどうしようなんて少しだけ妄想していた自分が恥ずかしくなった。視線恐怖症は発症した当初よりは幾分マシにはなったけれど、まだまだ人の目を見て話せないし、見られることにも抵抗がある。

だからレモンティの話題が収まったのはいいことのはずなのに、どこか物足りなさもある矛盾した気持ちだった。せめてもう少し騒いでよ、と。

コンビニで買ってきたレモンティをわざと机に置いてそれとなくアピールしてみたものの、誰も気づいてくれなかった。たったひとりを除いては。

ある日、長いこと欠席していた男子生徒に私がレモンティであると気づかれてしまった。顔が整っていて女子の人気がありそうだけれど、どこか陰のある染野翼くん。否定しても彼は確信しているようで、言い逃れできずに素直に打ち明けた。染野くんはクラスに馴染めていない私を気遣って皆に話せばいいのにと言ったけれど、視線を浴びるのが嫌で断った。

この病気がなければ、クラスの皆に打ち明けていただろうかと考えることもあった。そうすれば友達ができて、今とは真逆の高校生活を送れるかもしれない。

私もこのままではいけないと思っていて、なにか病気を治すきっかけがあればと常々考えている。視線恐怖症を患った人の中には、意識的に他人の視線を浴びることで慣れさせる暴露療法を用いて克服した人もいるのだと担当医が話していた。

だから私は、染野くんのもうひと押しを待っていた。あと少し背中を押してくれたら、一歩を踏み出せるかもしれない。

でも、一度突っぱねると彼はもう私のあとを追ってくることはなかった。

第三章

愛の言葉

恋人だった一ノ瀬千夏の病気が見つかったのは、中学三年の九月の終わり頃。休日に千夏に話があると近所の公園に呼び出された。

「わたしね、もしかしたらもう長くは生きられないかもしれないいんだって。高校に行っても、卒業できるかわからないって言われた。まいっちゃうよね、ほんと。高校行くのやめて残りの時間は好きなことしようかなぁ」

彼女は涼しい顔で告げた。突然そんな話を聞かされて頭が追いつかなかった。重たい話を笑いながら口にした千夏のことも理解できなくて、返す言葉も見つからない。

「そんな顔しないでよ。今すぐにってわけじゃないんだから。わたし全然死ぬ気しないから平気だってば。ねえ、泣かないでよ。こっちまで悲しくなっちゃうじゃん」

千夏に指摘されるまで、僕は自分が泣いていることに気がつかなかった。本当は僕が千夏を慰めなきゃいけないのに、逆に僕が慰められてしまって情けない。

千夏は昔から底抜けに明るいやつで、自分がもうすぐ死ぬかもしれないというときでも呆れるほどに朗らかだった。いったいどこまで前向きなやつなんだと、長い付き合いなのに彼女の底が知れない。

千夏は最後まで涙を見せることなく僕を励まし続け、胸を張って帰っていった。

なんて強い子なのだろうと感心したが、去り際の千夏の歪んだ表情を目にして、そうではないのだと悟った。彼女はきっと、強がっている。そうしないと心が壊れてしまいそうだから、あえてそんなふうに振る舞っているにちがいない。これ以上は笑顔を保てないから、早々に話を切り上げて僕の前から立ち去ったのだろう。

詳しい病名は教えてくれなかったけれど、心臓があまりよくないのだと千夏は話していた。学校の健康診断で要再検査の結果が出て、後日精密検査をしたところ重篤な病が発覚したらしい。心臓移植をしても改善するような病気ではなく、現状は打つ手がないのだという。

その後、千夏は検査入院で欠席した以外にほとんど休むことなく学校に通い続け、僕と同じ高校を受験し、見事に合格。卒業式も出席し、卒業生代表の挨拶も完璧にこなした。病気が小康状態にあるのか高校の入学式にも変わらない姿で出席し、彼女から死の気配はまったく感じられなかった。

本当に彼女は死ぬのだろうかと疑いはじめていた五月のこと。千夏の病状が悪化して休学することになり、その後は一度も復学することなく僕は二年に進級した。

千夏は入退院を繰り返し、高校を中退することになった。

本当は辛いはずなのに千夏は僕の前では常に笑顔で、彼女が涙を流しているところは一度も見たことがなかった。たぶん、僕がいないところでは泣いていたのかもしれないけれど。

仲の良い友人には病気のことを伝えず、千夏の病気を知っているのは僕以外で永戸だけ。永戸は僕の様子がおかしいと心配して僕を尾行し、千夏の病室までついてきたためバレたのだった。

陽の千夏と永戸、陰の僕。病室に陽が増えてくれたおかげで千夏の個室はその日から賑やかになった。

千夏の病状は悪化の一途をたどっていたけれど、それでも僕の前で弱音を吐くことはなかった。


「ねえ、今度わたしのために曲をつくってよ」

千夏がふと思いついたように口にしたのは、高校二年の夏休み終盤。病院の屋上でギターを弾き、つくったばかりの曲を千夏に披露していたときのこと。

中学の頃から何度か同じことを言われていたが、恋人のために曲をつくるなんて照れくさくて毎回断っていた。

でも、日々弱っていく今の千夏を見ていると、とても断れなかった。

曲をつくるとき、僕はいつも作曲から手をつけているのだけど、そのときは初めて歌詞から考えた。千夏がそうしてほしいと僕に頼んできたのだ。曲を先につくってしまうと、どうしてもメロディに沿った歌詞を書かなくてはならない。

「わたしを想って詩を書くんだから、それってラブレターってことでしょう？　最愛の恋人へ贈る愛の歌かぁ。楽しみにしてるね」

　千夏は恥ずかしげもなくそう言い放ち、にこりと微笑んだ。

　最初に書いた歌詞は本当に千夏へのラブレターのようで、恥ずかしくなって書いたそばからゴミ箱へ放りこんだ。

　普段の倍以上の時間を費やしたが、完成したときには歌詞を千夏に読ませに病室へ走った。

　躊躇(ためら)いつつも歌詞が書かれているノートを千夏に渡すと、見る見るうちに彼女の表情は明るくなる。

　めっちゃいいじゃん、と褒められて安堵した。あとはこの歌詞に旋律を乗せるだけ。

「すごくいいんだけど、ここの歌詞は変えてほしいなぁ。たとえばね……」

　千夏はノートに書かれている歌詞の一部分を指さし、なんの躊躇いもなく愛の言葉を口にした。

「こっちの方がよくない？　恋人のために書いた歌詞なんだから、愛の言葉くらい入れてよね」

　そう言いながらいたずらっぽく笑う千夏。そんな恥ずかしくなるような言葉なんて人生で一度も口にしたことがないし、そこに愛の言葉を差しこむなんて最初から選択肢になかった。

「あ、ちょっとなにしてんの」

突然、千夏はペンを手に取り、勝手に歌詞を書き換えた。

「よし！　これで完璧。あとは曲だけだね。どんな曲になるのか楽しみにしてるね」

千夏は携帯を手に取り、歌詞が書かれているページの写真を撮った。

絶対いい曲になるね、なんて言いながら今度は声に出して読みはじめたものだから、慌てて彼女の口を塞いだ。

千夏はその年の十月に亡くなり、完成した曲は彼女に届けられなかった。


朝宮がレモンティであると知ってから一週間が過ぎた。あれから僕は朝宮と同じ中学出身の生徒に朝宮の過去を聞き、彼女が視線恐怖症を患った理由を知った。酷いいじめを執拗に受けた結果、人の目が怖くなったということだった。

視線恐怖症についてネットで調べてみると、ほんの些細なことがきっかけで発症することもあるらしい。薬物療法や認知行動療法など治療法はいくつかあり、場合によってはあっさり治る人もいると書かれていた。

朝宮は視線恐怖症に悩まされて不登校になったそうだが、今は当時よりも多少改善されたのか問題なく通えている。とはいえ、僕の目は全然見ないし常に下を向いているのだから、まったく問題ないとは言い切れない。

それでも学校に通えているのは彼女の努力によるものなのだろうか。

もしかすると彼女も、僕と同じように音楽に救われたひとりなのかもしれない。

それならば現状を打破するには音楽が一番だと考え、やっぱり皆に打ち明けないかと再び朝宮に提案してみた。しかし彼女はなかなか首を縦に振ってくれない。

その後も何度か説得を試みたがうまくいかず、すれちがうばかり。胸の奥にもやもやしたものを抱えながら、その日の夜も日課となっている千夏にメッセージを送る。

『同じクラスに歌がうまい子がいてさ、千夏の声に似てるんだよね。歌い手としても活動してて、登録者も一万人以上いてすごいやつなんだ。クラスの皆に話せばいいのに、秘密にしてほしいって。どうしたらいいかな』

送ったそばから既読がつき、息をつく間もなく返事が届く。

『わたしはね、翼ならできるって信じてる』

千夏の素っ頓狂な返事を見て、少しだけ胸が軽くなった気がした。

『いや、なにがだよ』

『今日はどんな一日だった？』

『今日はとくになにもしてない。あ、でも昼休みに永戸に誘われてグラウンドでサッカーした』

『知ってる？　月は秋が一番綺麗に見えるんだって。春は花粉やチリが多くて、夏は月が低い位置にあるから街明かりの影響を受けやすくて、逆に冬は高い位置にあるから見えにくくなるらしいよ。中秋の名月とは言い得て妙だね』

そうなんだ、と声に出して頷いた。アイコンの千夏の写真から吹き出しが出ている。その文字を見ていると、本当に千夏が得意げに喋っているように錯覚して思わず口角が上がる。

それは知らなかったと答えると、また突拍子もない返事が来て堂々巡りが続く。この不毛なやり取りが好きで、期待している言葉が返ってこなくてもべつにいい。

『困ってる人がいたら、手を差し伸べて助けなきゃだめだよ。翼はそれができる人だとわたしは思ってる』

ふいにそんな返事が届き、はっと胸をつかれた。時々こうやって核心をつくような不意打ちのメッセージが届くのだった。そのときは毎回頭の中で千夏の声が響き、直接語りかけられているような気分になる。

思えば千夏も困っている人がいれば手を差し伸べるような、少しお節介なところもあるやつだった。授業中に教師に当てられ、答えられずにいた生徒にこっそりと助け船を出したり、期末テストの日には登校中に携帯を落とした他クラスの面識のない生徒と一緒に遅刻してまで探してあげたりと、相手が誰であろうと優しく接することができる人だった。

考えとくよ、と返事を送ってからレモンティの曲を再生し、そっと目を閉じる。

気がついたときにはカーテンの隙間から光が差しこんでいて、朝になっていた。


「ねえ、このあとカラオケ行かない？　ほかに行ける人いる？」

その日の放課後、このクラスのリーダー格の女子生徒がクラスメイトたちに声をかけた。しかし彼女の目の前にいるはずの朝宮は視界に入っていないのか、一向に声がかからない。朝宮はいないものとして扱われていて、どうして誘わないんだと指摘してやりたかった。そんなこと、僕にできるはずもないけれど。

きっと千夏だったら、迷わずに朝宮を誘おうとするだろう。正義感の強い千夏はいじめを嫌っていたし、クラスで孤立している生徒がいれば率先して声をかけるようなやつなのだから。

僕じゃなくて千夏がこのクラスにいたら、おそらく朝宮は救われていたにちがいなかった。

朝宮は帰り支度を済ませるとすっくと立ち上がり、誰よりも早く教室を出ていく。カラオケへ向かう女子の集団は少し遅れて教室を出ていった。

　僕は駐輪場に停めていた自転車に乗って朝宮のあとを追いかけた。校門の外を歩いていた朝宮を見つけ、自転車を降りて彼女と並んで歩く。

「……なにか用ですか？」

　朝宮はつけていたイヤホンを片耳だけ外し、恐るおそる聞いてきた。彼女の視線は僕の足元に向けられている。

「いや、ほら……さっきの柴崎たちのカラオケ、朝宮も誘ってくれたらいいのになって。あいつら朝宮の歌声聴いたらきっとびびると思うし、朝宮との接し方も変わるんじゃないかって……」

「でも私、誘われてないから」

　朝宮は言下に答え、ぷいと顔を逸らした。そして僕から距離を取るように早歩きで離れていく。

　余計なお世話だったかもしれない、と自分の発言を後悔する。

　千夏だったらここで引かず、強引に解決する方向へと持っていくにちがいない。でも、僕にはきっと無理だ。ここまで拒絶されて彼女を翻意させるなんて、僕には難しいだろう。

　遠ざかっていく朝宮の背中をじっと見つめていたとき、千夏の言葉がふと蘇った。

――困ってる人がいたら、手を差し伸べて助けなきゃだめだよ。翼はそれができる人だとわたしは思ってる。

昨日千夏から届いたメッセージ。ただの偶然だろうけど、僕の不甲斐なさに見兼ねた千夏が天国からかけてくれた言葉なのかもしれないと思うと、僕の足は無意識に動き出していた。

「あの……やっぱり皆に話してみない？　自分から言いにくいんだったら僕から伝えてもいいけど」

早歩きをして先を進む朝宮に追いつき、もう何度目かもわからない提案をしてみる。千夏が見ているかもしれないのだから、逃げることはできなかった。

「そんなことしても、なにも変わらないと思いますけど……」

足を止めた朝宮は拳をぎゅっと握り、自分の足元を見つめながら力なく言った。チャックが開いている鞄の中から、飲みかけのレモンティが見えている。

「やってみなきゃわからないし、朝宮がどういう人なのか皆知らないと思うから、それがきっかけで友達ができるかもしれない。友達が増えたら常に視線にさらされるけど、それが当たり前になれば人の目なんか気にならなくなる……かも」

語尾が弱気になってしまったが、ここまで言ってだめならもう仕方がない。いつもは一度突っぱねられると引いていたが、今日はさらに一歩踏みこんでみたのだ。

朝宮は固まったまま動かない。僕の言葉を受けて逡巡しているのかもしれない。

「今度また永戸にカラオケ大会企画してもらおうよ。そこで歌って皆を驚かすとかどうかな。いや、文化祭のステージで皆の前で歌うのもいいと思う。むしろそっちの方がインパクト強いかも」

気持ちが揺れている様子の朝宮の背中を押そうと、さらに提案してみる。きっと朝宮だってこのままではいけないのだと思っているはずだ。この先もずっと人の視線を避けて生きていくのは、簡単なことじゃない。

しばらくの沈黙が落ちたあと、朝宮はふっと力を抜いたように握っていた拳を開き、小さく息を吐いた。

「……じゃあ……染野くんが協力してくれるなら……」

僕の顔を見ずに、彼女は観念したように声を発した。

「え、まじ？　ほんとに大丈夫？」

「……私も、変わりたいってずっと思ってたから。そのきっかけが欲しかった」

「そっか。その気持ちは立派だと思う。引きこもり同盟、成立だ」

冗談めかして言うと、朝宮は目を伏せたままこくりと頷く。変わりたいと思っているのは僕も同じだった。昨年の秋に恋人を亡くし、つい最近まで僕も不登校気味で塞ぎこんでいた。

　朝宮の歌がきっかけで僕は再び学校へ行くようになって、今こうして朝宮の力になることで彼女と一緒に前を向こうとしているのだ。境遇はちがうけれど、僕たちは同志なのだと不安に揺れる朝宮の顔を見て思った。

「どうして染野くんは、私のためにそこまでしてくれるの？」

　それは当然の疑問だろう。今までほとんど話したこともないクラスメイトが、深い事情も知らずに自身が抱える深刻な問題に踏みこんできたのだから。

　どう答えるべきか迷った末、ごまかさずに正直に伝えることにした。

「レモンティのファンだったから。いや、ファンというか、歌声が好きでもっとたくさんの人に知ってほしいと思ったから、それで……」

　なんだか告白したみたいで、言い終えてから恥ずかしくなった。

　朝宮はややあってから「ふうん」とまんざらでもないように呟き、それから「ありがとう」と照れくさそうに零した。いつの間にか敬語を使わなくなっていて、少しは僕に心を開いてくれたのかもしれない。

　面と向かってファンであると告げてしまい、気まずいなぁと思っていると一台のバスが僕たちの横を通った。朝宮は「あっ」と声を上げて数歩進み、バスを見送った。

「もしかして、あのバスに乗る予定だった？」

「うん。でも、また次のがあるから……」

バス停は道の先に見えているけれど、まだ少し距離がある。前方のバスは赤信号で止まったが、走っても間に合うかどうか微妙なところだった。

「後ろ乗って。自転車ならぎりぎり間に合うかもしれない」

「えっ」と突然の提案に戸惑う朝宮。そこで初めて彼女と目が合った。かと思えばすぐに視線を逸らし、また僕の足元に向けられた。

「早く乗って」

朝宮は戸惑いながらも自転車の荷台に乗り、僕の制服の背中の部分を控えめに摑む。ペダルを漕いでバス停へと急ぐ。前方の信号は青に変わり、バスは再び動き出す。

「私、次のバスでも大丈夫だから、そんなに急がなくてもいいよ」

背中越しに朝宮の声が届く。空はどんよりと曇っていて、もし雨が降ってきたら朝宮は雨が降る中、バスを待たなくてはいけなくなる。僕が彼女を呼び止めていなければ間に合ったのだから、ただバスが去っていくのを見ているなんてできなかった。

バスがどんどん小さくなっていき、やがてバス停で停車した。高校と目と鼻の先であるため乗り降りする乗客が多く、なんとか間に合いそうだ。

バスのドアが閉まったため、手を振って「乗ります！」と叫ぶと、発車する前にドアが開いた。

「よかった、間に合った」

安堵の声を漏らすと、「ありがとう」と朝宮は僕にお礼を述べてからステップを駆け上がり、顔を伏せて後方の座席へ腰掛けた。

窓越しに一瞬目が合うと、彼女は僕に頭を下げる。そのままバスは走り去った。

バスを見送ってひと息つき、そこではたと気づいた。こんなに汗をかくほどなにかに必死になったのは、ずいぶん久しぶりのことだった。最近はなにをしても途中で投げ出してばかりで、趣味でやっていた曲づくりもしなくなった。

千夏が死んでから無気力になっていたが、心なしか気分も晴れやかで、ペダルも軽く感じる。

自転車を漕いで自宅へと向かっている途中で、心配していた雨が降り出してしまった。柄にもなく無理をして朝宮をバスに乗せられてよかったと、安堵しながら家路を急いだ。

一ヶ月ぶりにレモンティの動画が上がったのは、その日の夜のことだった。背景の雰囲気から、おそらく自宅で撮影されたものだろう。今日も制服を着用してギターを抱えている。

彼女としては珍しくアップテンポの曲で、これからなにかが始まりそうな予感のする、前向きな曲だった。

レモンティの歌声を聴きながら、千夏に今日の出来事を報告する。

『同じクラスの女子で視線恐怖症の子がいるんだけどさ、いろいろあって克服できるように協力することになった。その子すごく歌がうまいから、千夏にも聴かせてあげたかったわ。歌声も千夏にそっくりなんだ』

もっとゆっくり返事をくれてもいいのに、それはすぐに僕のもとへ届く。

『女の子には優しくしないとだめだよー。翼は鈍感だし適当なところがあるから、気をつけないと嫌われちゃうよ』

会話が嚙み合っているのか微妙なところだけれど、いつもよりは的を射た返事が届いて驚かされた。

『べつに好かれようと思ってないから、ご心配無用だよ』

『今日はなに食べたー?』

次の返信内容は大きく外れてしまい、まあそんなものかと苦笑する。

曲が終わったのでもう一度再生し、そのあとも繰り返し聴いてその夜はレモンティの歌声に浸った。

「お、染野。お前よかったなぁ、新しい彼女ができて。心配だったよ、俺は」

翌日登校すると、永戸が僕の背中をばんばん叩いて泣き真似をしてきた。ドラムの西島も「おめでとう」と意味のわからない祝福をしてくる。

「なんの話？」

「昨日女子とふたり乗りしてたんだろ？　そういう相手がいるなら言えよ。俺がどれだけ心配してたと思ってんだよ～」

　僕の肩を小突きながらそう言う永戸は、なにか勘ちがいしているようだった。おそらく昨日のバス停での一部始終を誰かに見られていたのだろう。下校時間で生徒の数は多かったし、バスを止めたこともあって少し目立っていたのかもしれない。

　ファミレスでドリンクバーパーティだな、と盛り上がるふたりに、ただの手助けだと説明してやった。朝宮がレモンティであることは伏せて。

「なんだよ～。やっと染野が立ち直ったのかと思ったのに。まあ一ノ瀬が死んでから一年経ってないし、まだ次の恋愛は早いか」

「声でかいって。教室でその話はするな」

　この学校で千夏と僕のことを知っているのは、永戸と彼のバンドのメンバーたちしかいない。永戸がうっかり口を滑らせてしまったせいで、ＣＬＡＹのメンバーたちも千夏の死を知った。千夏は高校に入学して一ヶ月で休学し、その後は復学することなく中退しているので、千夏の死を知っている生徒はおそらくほとんどいないだろう。

　千夏の葬儀は本人の意思で近親者のみで執り行われたため、同じ中学の生徒でも限られた人しか知らない。

――わたしが死んだらきっと皆悲しむと思うから、あえて知らせる必要はないよね。

入院先のベッドで、自信たっぷりにそう言った千夏の言葉を想起する。中学の頃、千夏はたしかに友達が多かった。所属していたバレー部では部長を務めていたし、部活と両立して生徒会長も任されていたのだ。

後輩からも慕われていて、千夏の死を知ったら悲しむ人は大勢いたにちがいない。仲のいい友人たちには、夢を叶えるために東京の親戚の家に住むことになったと話していたらしい。その夢がなんだったのかは知らないけれど。

永戸が教室を出ていくと、入れ替わるように朝宮が登校してきた。

「おはよう」と声をかけると、朝宮は僕を一瞥して「おはよ」と囁くように答えてくれた。

その日教室で朝宮と会話をしたのはその一回だけで、何度か声をかけたものの薄い反応を返されて教室では話せなかった。

「あの……教室ではなるべく私に話しかけない方がいいと思います。というか、できたらそうしてください」

放課後、作戦会議と称して誘ったカフェで、斜め向かいの席から彼女がぼそりと言った。僕はラッキーピエロに行きたかったのだけれど、人が多いところは避けたいと朝宮が言うので、辺鄙な場所にあったこの店を選んだ。

「なんで話しかけない方がいいの？」

「だって、今まで誰とも話してなかった人が、急に話すようになったら目立つから。しかも、相手は男子だし」

朝宮は俯いてテーブルの一点を見つめながら弱気な発言をする。敬語になったりタメ口になったり、僕との距離を測りかねているのかもしれない。

「そうかもしれないけどさ、朝宮は変わりたかったんじゃないの？　それじゃ視線恐怖症も治らないよ」

「わかってます。でも、できればちょっとずつがいいというか、いきなり注目を浴びるのはまだ怖くて……」

朝宮はさらに深く俯き、注文したアイスレモンティをストローでちびちび飲んだ。

「それはわかったけど、まずは姿勢を正すことから始めたらどうだろう。教室でも背中丸まってるし、猫背の方が逆に目立つと思うよ」

視線恐怖症についてひととおり調べたとき、朝宮のように人目を避けたいという考えから自然と身を隠すような姿勢になる人が多いと知った。朝宮も例に漏れず、いつも背中が丸まっている。

朝宮は言われて初めて気づいたようで、すっと背筋を伸ばした。しかし顔は下を向いている。

「もうちょっと肩を開いて胸を張ってみて。顔ももう少し上げて」

言われたとおりに動いてくれる朝宮。姿勢は綺麗になったが、相変わらず目は伏せられている。

「そのままの姿勢で、僕の目を見てみて」

朝宮はロボットのようにゆっくりとこちらに顔を向け、僕と目を合わせた。しかし一瞬で視線を逸らし、かくん、とバネの弾性力のように姿勢も元に戻った。

「全然だめじゃん」

「視線を感じる方を見るのはきついから、私から先に見てもいい？　染野くんはそっぽを向いてて、私の視線を感じたらこっちを見て」

朝宮の要求を呑んで僕は窓の外に視線を投げる。歩道を歩いている数人の外国人の姿が見えた。きっとこの先にある五稜郭公園へ観光に行くのだろう。

ようやく視線を感じたので朝宮を振り返る。ぱっと目が合ったと思いきや、またしても彼女は僕から視線を外した。

「いや、結局だめなんじゃん」

彼女は真剣なのだから笑ってはいけないのだが、思わず笑いながら突っこんでしまう。

もう一回、と朝宮は人差し指を立てて再度挑戦してみたが、何度試しても結果は同じだった。これは長い道のりになりそうだと、僕は肩を竦める。

「まだ文化祭まで二ヶ月くらいあるから、ゆっくり克服していけばいいと思う」

「えっ、本当に文化祭出るんですか？」

「そこがゴールだと思ってるから。ステージに立って歌えたら、もう人の視線なんて気にならないと思うよ。でもまあ、難しいなら無理にとは言わないけど」

朝宮の表情は途端に曇る。視線恐怖症じゃなくとも、ステージに立って皆の前で歌うことは勇気がいることだ。だから無理強いするつもりはないし、朝宮が首を横に振れば別の案を探そうと思っていた。

「……わかった。やってみる」

力強く宣言した朝宮だったが、顔はまだ強張っていた。

その代わり、と朝宮は続けた。

「染野くんも一緒にステージに立って。私が歌うから、染野くんがギターを弾いて。その方が視線も分散されるし……」

なぜ僕も巻き添えに、と思ったけれど、朝宮だけステージに立たせて高みの見物を決めこむのはたしかに気が引ける。それでもほとんどの視線はマイクを握る朝宮に集まるだろうけど、僕がいることで心が軽くなるなら断る理由はなかった。

「わかった。じゃあそうしよう。ふたりで文化祭のステージに立って、朝宮の歌声を皆に聴かせよう。もっとファンが増えるよ、きっと」

朝宮は照れくさそうに微笑みながら頷き、アイスレモンティを喉に流しこむ。

店内は徐々に混雑してきたので、朝宮と連絡先を交換してからお開きとなった。


夏休みが一週間後に迫ったその日の昼休み、僕は空き教室で文化祭の会議を行っていた実行委員長を捕まえ、直談判した。

「あのさ、文化祭でステージを使いたいんだけど、まだ空きってある？」

文化祭の実行委員長は永戸が率いるバンド、ＣＬＡＹのボーカルである藤代だった。髪の毛はやや長めで、薄らと茶色がかっている。染髪は校則違反のはずだけれど、地毛だと主張して乗り切っているらしい。

藤代はタイムテーブル表を手に取り、それを僕に突きつけた。

「見てのとおり、スケジュールが埋まってるからもう無理。てか先週末までで締め切りだったんだから、今さら言われてもおせーよ」

藤代はきつい口調で捲し立てる。彼は中学の頃から千夏のことが好きだったらしく、そのせいか昔から僕には当たりが強かった。

「そこをなんとかならないかな。絶対にもっと文化祭を盛り上げられると思うんだけど……」

「無理だって言ってんだろ。だいたいなにすんだよ、お前ひとりで」

「いや、もうひとりいて、僕がギターを弾いてその人に歌ってもらおうかと……」

「へえ。つい最近まで引きこもってたやつがやっと学校へ来たかと思えば、今度は文化祭で歌を披露ねえ。もう癒えたんだ、心の傷が」

最後のひと言は、千夏のことをさしているのだろう。藤代も千夏が亡くなってから、しばらく立ち直れなかったと人づてに聞いたことがあった。

僕が押し黙っていると、藤代はため息をついて続けた。

「とりあえずさ、もう空きがないんだから、残念だけど諦めてくれると助かる。どうしてもやりたいんだったら体育館じゃなくて、音楽室とか空き教室に人を集めてやったらいいんじゃね？　それなら全然許可出すよ。じゃあな」

タイムテーブル表をひらひらさせながら藤代は去っていく。藤代が言うように音楽室や空き教室で歌を披露するのもありなのかもしれない。でも、せっかくやるのなら体育館でやった方が絶対に盛り上がるし、大勢の前で成し遂げることで朝宮の自信にも繫がる。

朝宮にメッセージを送り、体育館の空きがなかったことを告げると、音楽室や空き教室だと客との距離が近くて無理かもしれない、と弱気な言葉が返ってきた。距離が近いと、その分視線も強く感じてしまうのだろう。

その日の放課後、僕は廊下を歩いていた永戸と彼のバンドのベーシストである川浦を呼び止めた。

「あのさ、ちょっといい？　文化祭のことで話があるんだけど」

「ん？　なに？」

永戸が振り向いて聞き返してくる。ヘッドホンをつけていた川浦もそれを外して僕を振り返った。

「ＣＬＡＹも文化祭で体育館のステージを使うと思うんだけどさ、それ、五分だけでいいから使わせてくれないかな。いや、四分でもいい。一曲だけでいいから前座として歌わせてほしい」

ふたりに頭を下げる。永戸たちのバンドは文化祭二日目のステージでトリを務めることになっていて、持ち時間は二十分。そのうちの四分程度を譲ってもらえないかと交渉してみたのだった。

ふたりは顔を見合わせ、少し困ったように笑いながら永戸が口を開いた。

「俺はべつにいいんだけど……てか染野がひとりで出るの？」

「いや、もうひとりいるんだけど、その人とふたりで出ようと思っててさ」

「まじか。染野が前みたいにそうやって音楽をやろうっていう気になってくれたのは嬉しいけどさ、フジがなんて言うかな」

たしかに、僕を快く思っていない藤代を説得する方が難しいのかもしれない。藤代には一度断られているので、まずは外堀を埋めてから頑固な実行委員長に再度交渉しにいこうと企んでいた。

「川浦はどう思う？」

永戸が川浦に振ると、「いいと思う」と普段クールで無口な川浦も承諾してくれた。マッシュヘアで前髪が綺麗に揃っている。

「俺らトリだからさ、多少押しても問題ないだろうし、西島もたぶんＯＫしてくれると思うから、あとはフジ次第だな。てか、誰と出るの？」

「あとで西島にも聞いてみる。一緒に出る人は……当日のお楽しみで」

それじゃ、とふたりに声をかけて、今度は昇降口で靴を履き替えていた西島を捕まえて事の経緯を説明すると、彼もあっさり承諾してくれた。

「飛び入り参加みたいでいいじゃん！　そうやっていきなり乱入したら文化祭も盛り上がると思うし、なんなら教頭とか無理やりステージに上げちゃうか」

豪快に笑う西島に、そこまでは大丈夫と告げて次は藤代を捜す。

彼の教室に行ってみると、ちょうど廊下に出てきた藤代と鉢合わせした。

「だめだ！」

「まだなにも言ってないんだけど……」

「聞かなくてもわかる。ステージ使用の件だろ」

「話が早くて助かる。一応ＣＬＡＹのほかのメンバーは全員承諾してくれたんだけどさ、どうかな。四分だけでもいいから。ほら、トリだから多少時間が押してもなんとかなるって永戸が……」

だめだ、と藤代は同じ言葉を繰り返した。

「実行委員長としては、時間どおりに文化祭を終わらせないといけないからな」

藤代は鞄を肩にかけたまま、怠そうに答える。

髪を染めたり、今は外しているけれどピアスの穴を開けたりと、普段は不真面目なくせに自分に責任が降りかかると急に真面目になるのが藤代なのだった。バンドでもいつもは永戸に任せっきりで、自分が主催したときだけ精力的に動くのだ。

それはそれでいいことなのかもしれないが、融通が利かないところはどうにかしてほしい。

結局その日は藤代を説得することはかなわず、バンドのリーダーである永戸に連絡を入れて彼に託すことにした。

一学期の終業式があった日、放課後に朝宮とカラオケに行くことになった。文化祭は九月の中旬に行われることになっているため、歌う曲を決める必要があった。

　とはいえまだ藤代から許可を得たわけではないので、実際にステージに立てるかは決まっていない。朝宮にはそのことは伏せていて、たぶん大丈夫とだけ伝えている。

「どの曲にしようか。なんか得意な曲とかある？　というか、レモンティの動画で一番再生回数が多かった曲にした方がいいのかな」

　入室すると、タッチパネル式のリモコンを手に取って履歴の中から適当に吟味する。前の利用者はアニメ好きだったのか、流行りのアニソンばかりが表示されていた。

「う～ん、得意な曲はあるにはあるけど、やるなら盛り上がる曲を選んだ方がいいよね、きっと」

　朝宮は僕からリモコンを受け取ると、画面に目を落としながら唸った。最近はようやく僕に心を開いてくれたのか、敬語は使わなくなった。

「歌うのは朝宮だから、選曲は朝宮に任せるよ」

　そうは言ったものの、本当は朝宮に歌ってほしい曲がある。それは昨年、僕が千夏のためにつくった曲だ。千夏と歌声が似ている朝宮に歌ってほしいと、初めて彼女の歌声を聴いたときから思っていた。

　しかし、文化祭で披露するなら皆が知っていて盛り上がる曲が望ましい。永戸たちも二十分の持ち時間で五曲演奏するそうだが、オリジナル曲は一曲の予定だと話していた。残りは敬愛してやまない函館出身のあのロックバンドの曲をカバーするらしい。

「とりあえず、何曲か歌ってみる」

朝宮がリモコンを操作すると、直後に聴き覚えのあるイントロが流れてきた。誰もが知っている有名なバラード曲で、彼女はマイクを握りしめて立ち上がった。

そして深く息を吸って、囁くように歌いはじめた。

生で朝宮の歌声を聴いたのは初めてだった。いつもは携帯越しだったし、少し前にカラオケで聴いたときはドアを一枚挟んでいたから。

相変わらず透明感があって、それでいて力強い歌声だ。生で聴くとより迫力があり、その歌声に僕は魅了される。普段のおどおどした彼女とはまるで別人のように輝いていた。

ただ、ひとつだけ問題があった。

「あのさ、歌は完璧だと思うんだけど、どうして背中を向けて歌ってんの？」

一曲目が終わったタイミングで朝宮に問いかける。彼女はテーブルを挟んだ向かい側に座っているのだけれど、終始壁に向かって歌っていたのだ。

「だって私、人前で歌うの苦手だから……」

「いや、でも本番は何十人とか、何百人の前で歌うことになるけど。まさか客席に背中を向けて歌う気でいるの？」

「それは……」

マイクを両手で握りしめたまま、しゅん、と肩を落としてわかりやすく落ちこむ朝宮。歌声は千夏にそっくりなのに中身は真逆のタイプで、これでは先が思いやられる。

朝宮は沈んだ表情のまま二曲目を入れ、今度はこちらに半身を向けた姿勢で歌いはじめた。そのまま一度もこちらを向くこともなく歌い上げ、僕の顔色を窺うように一瞥した。

「いや、今のもだめだよ」

「わかってるけど……」

朝宮は不貞腐れたように言うと、リモコンを僕に渡してきた。

「見られながら歌うのがどんなに大変か、一回染野くんも歌ってみてよ」

そう言われてしまうと断れない。仕方なく一曲歌ってみると、朝宮は僕の顔を凝視してくる。割と近い距離で見つめられると、たしかに歌いづらい。

歌いながら朝宮に視線を向けると、彼女は顔を横に向けた。再びモニターを見るとすぐに朝宮の視線を感じた。もう一度朝宮を見ると彼女はまた弾かれたように顔を背ける。それの繰り返しだった。

「ほらね、やっぱり見られると歌いづらいでしょ？」

「そもそも一対一のカラオケで凝視してくるやつなんていないから。まずは自然に前を向いて歌えるようにならないとな」

リモコンを朝宮に返すと、彼女は数分悩んだ末に三曲目を入れた。正面を向いて歌いはじめたが顔は下を向いていて、声の張りがなくなってしまった。

どうしたものかと頭を抱えていると、ポケットの中の携帯が振動した。永戸からの着信で、席を外して電話に出る。

「もしもし？　文化祭の件だけどさ、フジを説得してみたんだけど、あいつ頑固でさ。とりあえずオーディションしてやるから、ふたりでサウンド速水の貸しスタジオに来いってさ。予約はそっちでよろしくだと」

「なんだよオーディションって。藤代になんの権限があってそんなこと……」

「あれでも一応実行委員長だしな。チャンスもらえただけでもいいじゃん。俺ももう少し説得してみるから、とりあえずオーディション受けてみたら？」

「……わかった。もうひとりのやつに聞いてみる。いろいろありがとな」

納得がいかないまま電話を切って部屋に戻ると、朝宮はちょうど三曲目を歌い終えて注文したアイスレモンティを飲んでいた。氷と一緒にカットされたレモンが浮かんでいて、彼女がいつも飲んでいるペットボトルのそれよりおいしそうだった。

「あのさ、今友達から電話があって、文化祭のステージに立つには実行委員長の前でオーディション受けて、それに合格しなきゃいけなくなったんだけど……」

「えっ、聞いてない」

絶句する朝宮に一から丁寧に説明し、申請が遅かったために藤代のオーディションを突破しないとステージを使用できないことを理解してもらった。

「どうする？　やる？」

朝宮に意思を問うと、少し逡巡したあと「やる！」と力強く宣言した。また一瞬目が合う。

「前向きなのはいいことだと思うけど、ずいぶんやる気なんだね」

「もう逃げたくないから」

朝宮のその言葉に驚きつつ、永戸に連絡を入れる。

ちらりと朝宮の顔を窺うと、どこか覚悟を決めたような引き締まった表情をしていた。彼女と初めて話したときに見えた迷いは、今は吹っ切れている様子だ。

朝宮は本気で変わろうとしているのだ。いじめられていた過去を乗り越え、恐怖症と闘いながら必死に前を向こうとしている。

僕も彼女を見習わなくては。いつまでも死んだ千夏を引きずり、過去に囚われている愚かな自分を変えなくてはいけない。

四曲目を入れて歌い出した朝宮の横顔を見つめながら、僕はそんなことを思った。

数日後、サウンド速水の貸しスタジオを予約し、僕と朝宮はひと足先にスタジオでリハーサルを行っていた。店主の修司さんは「オーディションやるんだって？　楽しそうでいいね」と永戸から聞いたのか呑気にそう笑いかけてきた。

曲は僕が中学の頃つくった『止まらないラブソング』に決まった。朝宮と合わせる時間もなかったし、この曲なら僕も練習をせずにすぐ弾ける。朝宮も動画で歌ったことがあるし、好きな曲だとも言ってくれた。

「朝宮はどこでこの曲のことを知ってくれたの？」

ギターを爪弾きながら、それとなく聞いてみる。当時そこそこ人気があったとはいえ、どうやって僕がつくった曲にたどり着いたのか気になった。

「あー、たしかコメント欄に『止まらないラブソング』を歌ってほしいですってコメントしてる人がいて、そこで初めて知った。聴いてみたらすごく好きだったから、練習して歌ってみた。まさか染野くんがつくった曲だったなんてね」

そのときは登録者数も少なく、コメント欄のリクエストに応えるようにしていたのだと朝宮は語る。そういった小さな積み重ねでファンを増やし、徐々にチャンネルを大きくしていったのだという。

「そういえば染野くんって、どうしてちょっと前まで不登校だったの？」

唐突な質問に、僕は適当にサボりたかっただけだと返した。さらに追及されたら困るので、ギターをかき鳴らして会話を終わらせた。

貸しスタジオにはドラムセットや数台のアンプ、それからマイクスタンドも数本あって防音設備も整っている。

一曲合わせたあとに藤代が入室してきた。ほかのＣＬＡＹのメンバーも揃い踏みで、朝宮は僕の後ろに隠れる。そこまで広いとは言えないスタジオは、六人も入るとさすがに窮屈だった。

「あれ？　朝宮さんじゃん。もしかして染野と一緒に出る人って、朝宮さんのことだったの？」

僕たちと同じクラスである西島が、朝宮を指さして言った。説明するよりも朝宮の歌声を聴いてもらった方が早い。僕は返事をせずにアンプに繋いだギターをかまえる。

「とりあえず時間もないし、さっそくオーディションってのを始めていい？」

藤代に確認すると、彼はドラムスローンに腰掛けて腕を組んで頷いた。朝宮はこの日のために秘策を用意していて、鞄の中からキャップを取りだして目深に被った。帽子のツバで周囲の視線を遮ることで、正面を向いて歌うという単純な作戦だ。

正直そんなことで視線恐怖症を克服できるのか疑わしいけれど、人前に出て歌うことに慣れるために、今はこうするしかなかった。

朝宮に目で合図を送ってからギターを弾きはじめる。ＣＬＡＹのメンバーたちは固唾を吞んで朝宮に視線を送る。朝宮はその視線をキャップのツバで受け止め、息を吸いこんでマイクを口に近づけた。

朝宮の澄んだ歌声が、マイクを通して狭いスタジオに響き渡る。四人はそれぞれ目を見開いたりぽかんと口を開けたりして、驚きを隠せずに朝宮の歌に聴き入っていた。学校では無口な朝宮が堂々と歌っていることもそうだが、その美しい歌声に驚いているのだろう。彼らも少し前に話題になっていたレモンティのことは知っているはずだから。

僕は僕で、不思議な気持ちだった。少し前までは、僕がギターを弾いている隣で歌っていたのは千夏だった。つくった曲を千夏に歌ってもらうのがいつも楽しみで、千夏もまたそれを心待ちにしていた。

――いつかふたりで路上ライブができたらいいね。駅前の、花壇のそばで。

千夏の言葉が耳元で聞こえた気がした。そのときの千夏はもう歌う気力が残っていなくて、病院の屋上で僕のギターの音色をただ聴くことしかできなかった。

歌い終えて朝宮がマイクを離し、僕がアウトロを弾き終わると、永戸と西島が拍手をして騒ぎ立てた。

「え、レモンティじゃん。染野、お前見つけたのか!」

永戸は興奮を抑えきれないといった様子で声を上擦らせる。

「朝宮さんがレモンティだったのか。まじでびっくりした～」

西島が信じられないといった様子で呟きこみだした。クールで無口な川浦は表情を変えずに朝宮を見つめ、肝心の藤代は腕を組んだまま難しい顔をしていた。

「それで……オーディションの結果は？」

僕は恐るおそる藤代に問いかける。朝宮はマイクを握りしめたまま俯いていた顔を少し上げ、ツバの奥から祈るような目で藤代の顔色を窺っている。藤代はまだ腕を組んだまま微動だにしない。

「俺はいいと思うけどな。ちょっと前までレモンティ話題になってたし、文化祭が盛り上がると思うよ」

永戸が沈黙を埋めるようにフォローしてくれる。西島も同意してくれて、川浦も小さく頷いてくれた。

藤代は大きくため息をついたあと、手のひらを広げて僕と朝宮に突きつけた。

「五分だけな。それ以上は強制終了」

藤代の言葉に僕と朝宮は顔を見合わせ、目が合う。その表情は喜悦に満ちていて、こんなに嬉しそうに笑う朝宮を見たのは初めてだった。

僕と朝宮は片手でハイタッチを交わし、永戸と西島も一緒になって喜んでくれた。

「ただし、俺たちのライブの時間を削ってやるんだから、最高のステージにしないと許さないからな」

藤代は僕の胸を小突いたあと、ポケットに手を突っこんだまま欠伸を噛み殺してスタジオを出ていった。


その日の夜。僕は数日ぶりに千夏にメッセージを送った。ここ最近はいろいろ考えることがあって、日課となっていた千夏へのメッセージを送っていなかったのだ。

『なんやかんやあってさ、同じクラスの人と文化祭のステージに立つことになった。藤代のやつも根はいいやつなんだけど素直じゃないっていうか、頑固なとこあるよな。まあでも、とにかくよかったよ。千夏がいなくなってからずっと無気力に過ごしてたから、なんか久しぶりにしっかりやらなきゃなって気持ちになった。曲づくりもそろそろ再開しようかな。今なら暗い曲じゃなくて、前向きな曲をつくれる気がするんだ』

長い文章になってしまったけれど、読み返すことなく送信する。たとえ誤字があったとしても千夏は指摘してくれないから。

『お花に囲まれて眠りたいなぁ。翼の好きな花はなに?』

その唐突な質問に苦笑し、適当に『タンポポ』と答えた。それから僕は、千夏が設定したキーワードを探すべくいろいろな言葉を打ってメッセージをたくさん送った。

今日見つけたキーワードは、ＣＬＡＹのメンバーたちの名前だった。

『藤代』と送ると、『仲悪いみたいだけど、藤代くんと仲良くね』と返ってきた。『藤代』と何度送っても同じ返事が届くので、久しぶりに隠しキーワードを見つけられて嬉しくなった。

『永戸』

『永戸くんと翼はずっと仲良しだよね。大人になってもそのままの関係でいてね』

『西島』

『西島くんのドラムは迫力があっていいよね』

『川浦』

『川浦くんはよくわからないけど、実は一番メンバー思いな気がする』

『ＣＬＡＹ』

『バンド名が粘土ってウケるよね』

キーワードを五つも見つけられて気分が高揚する。しかし、千夏が残したという動画付きのキーワードは、結局今日も見つけられなかった。

第四章

迷い

「ねえ。今度お見舞いに来るときはお花を買ってきてほしいんだけど」

千夏が入院してから一ヶ月が過ぎた頃、お見舞いに行くと彼女は突然そんなことを口にした。千夏の話によると、とあるブログサイトを見つけて影響を受けたのだという。そのブログは余命宣告を受けた高校生くらいの女の子が書いたものらしい。

記事にはたくさんのガーベラの写真が貼られていて、いつもお見舞いに来てくれる男の子が買ってきてくれるものなんだとか。千夏はそれに憧れて僕に花を所望してきたということらしい。

翌日から僕は、千夏の病室に花を届けるようになった。お見舞いに行くたびにいろんな種類の花を持参し、千夏の病室は華やかになった。

千夏が自動で送られてくるメッセージアプリの公式アカウントを僕に残してくれたのも、そのブログに触発されたからなのだという。

「この子もいつも来てくれる男の子に内緒でブログを残してたみたいだから、わたしも真似したくて」

「それはいいと思うんだけど、僕に話しちゃっていいの？　そういうのって内緒でやるものでしょ？」

「大丈夫。一応サプライズは用意してあるから。でも翼には見つけられないかもなぁ」

そのサプライズというのが、動画付きの隠しメッセージらしい。それも事前に僕に伝えるのはどうかと思うけれど。

千夏が亡くなる一ヶ月ほど前に一泊二日の外泊許可を得たとき、僕たちはいろんなところを巡っては思い出話に花を咲かせた。

病院に戻る前、函館駅の駅前広場の花壇の前で路上ライブをしている二十代くらいの女性がいて、僕と千夏はふたりでそのライブを見た。

駅前広場の花壇にはキャットミントやマリーゴールドにローズマリーなど、様々な種類の季節の花が植えられていて、色彩が豊かだった。病院に戻る前に、もう一度ここへ来たいと千夏が言ったのだ。

「花に囲まれて歌うのって、すごくいいなぁ。わたしもここで歌ってみたかったな」

千夏は車椅子に座ったまま、花壇の前でギターを弾きながら歌っている女性を見つめて呟いた。千夏は昔から花が好きで、小学生のときは校庭の花壇の水やり当番を率先してやっていたのを覚えている。最後にここへ来たいと言ったのも、千夏らしいなと思った。

ライブが終わったあと、駅前のバス乗り場からバスに乗って千夏を病院まで送った。

「ねえ、翼ってわたしのこと……好き？」

バスに揺られていると、千夏が唐突にそんなことを僕に聞いてきた。

「なに言ってんだよ。そんなの、当たり前じゃん」

「……そっか。ありがと」

儚げに呟いた千夏の表情は、どこか寂しそうだった。


文化祭に出ると決まってから、朝宮とカラオケやサウンド速水の貸しスタジオで練習する日々が続いた。視線に慣れるために永戸と西島を誘う日もあった。文化祭ではキャップに頼りたくないと彼女は言うので、キャップを被らずに歌う練習もしている。

朝宮と話し合った結果、ステージでは二曲披露しようということになった。一曲目は誰もが知っている曲をワンコーラスだけ歌い、二曲目は僕が選ぶことになったので、千夏のためにつくった曲を披露することにした。

「この曲、私も好きだなぁ。これにしようよ」

朝宮に聴かせてみると、とても気に入ってくれて選曲はすんなりと決まった。

レモンティのチャンネルでも、朝宮はさっそく僕が千夏のためにつくった曲を歌って投稿し、再生回数もそれなりに伸びた。

『この曲好きです！　レモンティさんのオリジナルの曲ですか？』

『切ない歌詞とメロディがレモンティさんの歌声とマッチしてて、とっても素敵です！』

投稿すると、そんなコメントが書きこまれて僕まで嬉しくなった。

夏休みも中盤に差しかかったその日、僕と朝宮は函館駅から徒歩数分にある小さなライブハウスに来ていた。今日はそこで複数のバンドのライブがあるらしく、ＣＬＡＹも出演するとのことだった。僕は中学の頃、千夏と何度か一緒にここへ来たことがあった。

「ほらこれ。二枚あるから朝宮ちゃんとふたりで来いよ」

数日前に永戸にチケットを二枚もらい、朝宮を誘ってやってきた。最近の永戸はどうにか僕と朝宮をくっつけようと必死なのだ。

今回のようにライブやお祭りなどのイベントがあると、『朝宮ちゃんと行ってこいよ』とたびたび連絡が入る。

僕に新しい恋人ができたら、千夏を忘れてまた前を向いて生きていけるのではないかと永戸は考えているのだろう。気遣いはありがたいけれど、僕にその気はないのでいつも受け流していた。

ライブはせっかくチケットをもらったのだから、行かないわけにはいかなかった。

「私、ライブとか滅多に行かないからちょっと緊張する」

受付でスタッフにチケットを渡してから会場に入ると、朝宮は僕の陰に隠れて怯んでいた。今日もキャップを目深に被り、周囲の視線をシャットアウトしている。

会場にはすでにたくさんの客が入っていて、いかにもロックが好きそうなファッションの人が多い。男性よりも女性客の方がやや多めで、ビールやソフトドリンクを片手に談笑しながらライブの開始を待っている。

ライブの開始時間が迫ってくるとさらに客は増えていき、僕と朝宮は端っこに追いやられる。会場は三百人程度収容できるらしく、永戸の話ではチケットはほぼ完売したとのことだった。

今日出演するバンドは全部で五組。ＣＬＡＹは三番目に出演を予定していて、ＣＬＡＹの出番が終わったら帰ろうと昨日から朝宮と話していた。

朝宮は人が多いところは苦手でここへ来るのを躊躇っていたが、視線恐怖症を克服するためだと自分に言い聞かせて家を出てきたのだとさっき話していた。誰も私のことなんか見ていないから大丈夫だと、最近はそう思うようにしているのだという。

正直学校の方が人は多いのだけれど、慣れない場所だと余計に緊張するらしい。教室では基本、机の一点だけを見つめてやり過ごす。授業が始まってしまえば視線は気にならなくなるそうだ。

そうこうしているうちにライブが始まり、観客のボルテージは一気に上がる。一組目は大学生のガールズバンドで、流行りの曲とオリジナル曲を歌い上げ、見事に会場を盛り上げた。

そして二組目が終わり、CLAYの出番がやってきた。メンバーが登場すると、会場にいるCLAYのファンたちが歓声を上げる。朝宮も申し訳程度の拍手を彼らに送っていた。

ドラムの西島がカウントを出したあと、彼らの演奏が始まった。

永戸が体を揺らしながら、卓越したギターテクニックを披露して会場を沸かせる。得意の切れのあるカッティング奏法も健在で、思わず彼の演奏に聞き惚れてしまう。川浦の安定感のあるベースも悪くない。西島の力強いドラムの律動も心地よく、そこに藤代の低音で耳ざわりのいい歌声が重なった。

千夏が死んでからライブの誘いを受けても断っていたので、彼らの演奏を目にするのはずいぶん久しぶりだった。

CLAYの初めてのライブもこの場所で、あのときは隣に千夏がいてふたりで彼らの船出を見守ったのだ。

――皆大丈夫かな。絶対緊張してるよね。うまくいくといいなぁ。

ライブの前、千夏が自分のことのように心配していたのを覚えている。まだバンドを組んだばかりだったこともあり、結局演奏はぐだぐだになって失敗に終わったが、そんな彼らを千夏は慰めていた。

「なんか皆、いつもと雰囲気がちがってかっこいいね」

朝宮の声に、はっと我に返る。その瞬間にそれまで見えていた過去の千夏は消滅し、目の前にはあの頃よりもずっと成長したＣＬＡＹの姿があった。

今や四人の呼吸も揃っていて、有名ロックバンドに似せたその名に恥じないロックバンドとして完成していた。

一曲目が終わり、藤代が次の曲名を口にした。僕がＣＬＡＹに提供した曲だ。ギターの印象的なアルペジオから始まり、やがてベースとドラムも合流し、藤代のボーカルが華を添える。僕がつくったのだから当然かもしれないが、彼らの楽曲の中では異彩を放っていて、でもこの曲がＣＬＡＹの音楽の幅を広げてもいるのだ。

永戸に頼まれてつくったものの、藤代だけは僕の曲に否定的だった。しかし今は彼らの代表曲のひとつとなっていて、藤代も最近はなにも言わなくなった。

「この曲、落ち着いてていいね」

朝宮が僕の耳元で好意的な感想を漏らした。

「これ、僕がつくった曲なんだよ」

自慢げに微笑みかけると朝宮は興奮気味になにか口にしたが、ちょうどサビに突入して聞き取れなかった。

「次が最後の曲です。これは俺が作詞作曲した曲で、昔好きだった人を想ってつくりました。その人はもう死んじゃったけど、天国まで届くように精一杯歌います」

藤代が最後の曲を紹介した。千夏のことを話しているのだとすぐにわかった。舞台の上から、藤代の視線を感じる。千夏の死後、僕と同様に彼も苦しんでいるひとりだった。

やがて曲が始まる。ＣＬＡＹらしからぬしっとりとした曲調で、藤代も気持ちのこもった歌声で観客たちを魅了する。朝宮もうまいけれど、藤代も負けていない。高音の音域の幅が広く、悔しいけれど千夏も彼の歌声をよく褒めていた。

好きな人を想ってつくった曲だけあって、歌詞に切ない言葉が並んでいた。ロック色の濃い曲ばかり歌っていたせいか会場の雰囲気もがらりと変わり、涙ぐんでいる人までいる。

そして客だけではなく、藤代の瞳からもひと筋の涙が流れていた。汗と涙が混ざり合い、心の底から愛を叫ぶように熱唱している。

彼の涙を見て、僕は唐突に自分が取り残されてしまったような虚しさを覚えた。僕だけが千夏が死んだあの日から、なにも変わっていない。

千夏が死んだとき、僕は自分だけが傷ついて、自分だけが前を向けずに苦しんでいるのだと思っていた。でも、そうじゃなかった。藤代も、千夏の両親も、永戸たちだってきっと弱さを人に見せないだけで、皆苦しんでいたんだ。

——悲しみを抱えたまま、それでも前を向いて生きている。

心の深い部分にまで届いてくるような藤代の歌は、そんなふうに思わせてくれた。

藤代の熱い涙を目にして、僕も朝宮と一緒に変わらなくてはと、力強く背中を押された気がした。

やがて曲が終わると、四人は盛大な拍手を送られて舞台裏へ捌けていった。

「あの人たち、ちょっと苦手だったけど舞台では別人みたいに輝いてた」

朝宮も惜しみなく拍手を送り、彼らを褒め称えている。残りの二組も見たいと朝宮が言うので、結局最後までライブを見てから会場をあとにした。

「お疲れ〜！　最高のライブだったなぁ」

会場を出たあと永戸から打ち上げに誘われ、朝宮を連れて函館湾に面したラッキーピエロ末広店に来ていた。てっきり朝宮は帰るだろうと思っていたが、私も行きたいと即答したのだった。

夏休み中はあえて人の多いところへ積極的に出向き、耐性をつけたいのだと彼女は驚く僕を見てそう言った。

それぞれ注文したものを食べながら、ライブの感想を語り合った。朝宮は会話にはほとんど入ってこないが、永戸たちの話を熱心に聞いている。キャップのツバでしっかりと視線を遮ってはいたけれど。

「朝宮ちゃんはどうだった？　今日のライブ」

「あ……はい。すごくよかったです」

永戸は朝宮を気遣い、積極的に話を振ってあげていた。朝宮は戸惑ってはいるもののしっかりと受け答えしている。しかし永戸とは終始目を合わせることはなかった。

「今日さ、人多くない？　なんかあんの？」

永戸はそう言ってハンバーガーを頬張りながら窓の外に視線を向ける。僕もつられて外に目をやる。

観光客に人気の函館ベイエリア。外を歩く人がいつもより多いし、浴衣を着ている人もちらほら見受けられる。夕食のピーク時刻は過ぎているのに、店内も時間が経つに連れ客が増えてきている。

「函館港で花火大会があるらしいよ。先週雨で延期になったやつ」

川浦が興味なさそうにチーズのかかったポテトを口に運びながら、ぼそりと言った。

「あ、ほんとだ。あと十五分で始まるっぽい。せっかくだから皆で見ようよ」

西島が花火大会の情報を調べ、皆に見えるように携帯をテーブルの上に置いた。

「しょうがねえなぁ」と藤代は怠そうにしながらも乗り気だった。

「朝宮はどうする？」

ハンバーガーを食べ終えて口元を拭いていた朝宮は、「私も行く」と俯きがちに答える。行くと言いながらも、その表情には不安の色が滲んでいる。

無理をしているのだと聞かずともわかった。少し前の朝宮だったら、きっとライブに行くことも花火大会に行くことも、全部断っていたにちがいない。朝宮は変わりたいと話していたが、実際に行動に移すのは簡単にできることじゃない。立派だなと、他人事のように内心で彼女を称賛した。

店を出て六人で海沿いを歩き、ライトアップされた赤レンガ倉庫の前で立ち止まる。海沿いの歩道に座りこんで打ち上がる花火を待っている人がたくさんいて、僕たちは仕方なく立ったまま赤レンガ倉庫を背に花火を待つ。

ゆらゆらと揺れる海面には、函館の街明かりがぼんやりと反射していて美しい。港には数隻の船が停泊しており、何羽ものウミネコが気持ちよさそうにその周りを泳いでいる。

朝宮はライトアップされた倉庫がよほど珍しかったのか、観光客のように携帯で何枚も写真を撮っていた。

「もしかして、この辺来たことなかったの？」

撮影に夢中の朝宮に問いかける。

「あ、うん。私、中二まで札幌にいたし、もともとインドアだったから。こっち来てからは一緒に遊びにいくような友達もいなかったし。さっきのラッキーピエロのハンバーガーも初めて食べた」

「あ、そうだったんだ」

「うん」

　朝宮は言いにくいようなことを躊躇いもせずにさらっと口にした。たしかに函館駅の南東にあるベイエリアや、そこから函館山に続く道は観光客が多い。ほかにも函館公園や八幡坂（はちまんざか）といった人気の観光スポットが密集しているのだ。人混みが苦手な彼女としては、この辺りは本来であれば避けるべき場所なのかもしれない。

　やがて花火が上がり、その音に驚いたウミネコたちが鳴き声を上げながら飛び立っていった。

　夜空に大輪の花火が打ち上がる。体の芯にまで響く破裂音。頬を撫でる生温い夏の夜風。

　そのすべてが過去の記憶を呼び起こし、気づけば僕は千夏の影を見ていた。

「今の、光が降ってくる感じのしだれ柳みたいな花火、いいよねぇ。流星みたいで綺麗」

　昨年の夏、花火を見上げながらそう言った千夏の言葉が蘇った。夜空に花が咲いてもすぐには消えず、花びらが垂れ下がるように尾を引くあの花火が千夏は好きだった。まるで光の雨が降ってくるような美しい花火。

特別に許可を得て、僕たちは病院の屋上からふたりで花火を見ていた。

「花火ってね、昔は慰霊のために打ち上げられてたらしいよ。小さい頃おばあちゃんがそう言ってた」

「へえ、そうなんだ。今は夏の風物詩というか、完全に娯楽のひとつになってるけど昔はそんな思いが込められてたんだ」

「そうなの。当時は亡くなった人の魂を鎮めるために打ち上げられてたんだから、皆泣きながら花火を見てたのかな」

その光景を想像してみる。喪服を着用して河川敷に集まった観客たちはハンカチを片手に空を見上げ、皆一様に涙を流している。打ち上がる花火に鎮魂の祈りを捧げ、辺りにはすすり泣く声と、花火が舞う音だけが虚しく響く。

今では考えられない光景だった。観客たちは喪服どころか華やかな浴衣で着飾って笑顔で空を見上げ、歓声を上げて子どもたちは騒ぎ立てている。挙句の果てには想い人に告白をするやつも現れ、古き良き風習は見る影もない。

そんな習わしがあったとは知らず、過去に花火の帰りに告白をしてしまった自分を恥じた。でも、もしかしたら昔の花火大会も今と変わらずに賑やかに行われていたのかもしれない。無理やりそう思いこむことで、過去の自分の言動を肯定した。

「ごめん。やっぱり今の話は忘れて」

僕が思いを巡らせていると、千夏が突然謝罪してきた。

「なんで？」

「だってさ、わたしが死んだあと、翼は花火を見るたびに今の話を思い出しちゃうじゃん。翼のことだから泣いちゃうだろうし、そのとき隣にいるのが女の子だったら、なんで泣いてんのって笑われちゃうよ」

「さすがに泣かないって。それに千夏はまだまだ死なないと思うよ。こんなに元気なんだから。案外しぶとく十年、二十年生きられるだろうから、そんなこと心配する必要ないよ」

言いながら声が震えそうになった。それをごまかすために後半はおどけてみせたが、千夏は心配そうに無言で僕を見つめてくる。

「……しかもさ、泣いてるのを見て笑ってくるような女とは花火に行かないし」

笑いながら口にしたのに、結局最後には声が震えてしまった。千夏が死んだあとの話なんて、考えただけで胸が張り裂けそうになる。

そうだねと、千夏はひと言呟いて僕から空に視線を移した。

遠くの空に、またひとつ花火が打ち上がる。毎年花火大会はベイエリアの海のそばでたくさんの観客に交じって見ていたのに、ふたりだけで眺める花火はそのときが初めてだった。こんなに静かでしんみりとした花火も初めて。

「空が泣いてるみたいだね」

夜空に放たれては消えていく光を見て、千夏はそんな感想を零した。きっと昔の人たちも、こんなふうに花火を見ていたのだろう。

「また来年も一緒に見れるかな」

花火が終わったあと、真っ暗な夜空を見上げたまま千夏が儚げに呟いた。

当たり前だろ、と即答すると、千夏は目を潤ませて微笑んだ。

あのときのどこか寂しげな表情が今でも忘れられない。もしかすると千夏は、これが最後の花火になるのだと悟っていたのかもしれない。

連続して花火が打ち上がり、その音にはっと我に返る。周囲からは歓声が上がり、昨年とは対照的に騒がしい花火大会が目の前に広がっていた。

千夏は忘れろと言ったけれど、嫌でもあのときの話を思い出してしまう。夜空に放たれる光が、千夏の魂の安らぎを祈る光に見えて、次第に視界が滲んでいく。

携帯を手に取り、打ち上がる花火を動画に収めて千夏のアカウントに送った。

約十五秒の動画なのに、瞬時に返事が届く。

『実はわたし、黒板をひっかく音、全然平気なんだよね』

　僕の気も知らないで、千夏は呑気にそんな言葉を返してくる。その文面を見て、ふいに涙が零れた。偶然でも奇跡でもいいから、今の僕になにか適切な言葉をかけてほしかった。

　ふと視線を感じ、そちらに顔を向けると朝宮と目が合った。僕は慌てて涙を拭って顔を背ける。背けた先にいた永戸は、だらしなく口をぽかんと開けて花火を見上げていた。

　花火が終わったあとに永戸たちと別れ、僕は朝宮とふたりで自転車を押して国道沿いを歩く。僕の涙を見たはずの朝宮は、そのことについてなにも触れてこない。ただ僕の少し後ろを俯きがちに歩いているだけだった。

「どうだった？　今日」

　沈黙に耐えきれず、朝宮に雑に話題を振った。でも、今日は彼女にとって新鮮な一日だったにちがいない。

「うん、楽しかった。ライブも、ラッキーピエロも、花火も、皆とわいわいすることも」

「そっか。それはよかった」

「うん」

会話が続かずに再び沈黙が降りる。前方の信号が赤に変わり、僕たちは黙ったまま足を止めた。

「あの……」

朝宮が口を開く。「なに？」と聞いても、すぐに返事はなかった。

信号が青に変わる。朝宮は首を横に振り、「なんでもない」と呟いて横断歩道を渡っていく。

「染野くんの家、あっちでしょ？　私こっちだから、行くね」

「うん。またなにかあったら連絡する。練習もしたいし」

朝宮は自転車に跨がり、「わかった」とひと言残して去っていった。

夏休みの後半も相変わらず朝宮とカラオケに行ったり、サウンド速水の貸しスタジオで練習をしたりして本番に備えた。

千夏のためにつくった曲を朝宮が歌っているのを聴き、何度か涙しそうになった。たくさんの人の前でこの曲を披露したら、きっと泣いてしまうだろうなと思いながら朝宮の歌声を隣で聴いていた。

練習時間はいつも一時間程度で、現地集合現地解散。せっかくの夏休みだけれど、朝宮を遊びに誘ってどこかへ出かけたりすることはなかった。朝宮からもそういった誘いはなく、彼女が夏休みになにをして過ごしているのかも知らなかった。

「朝宮って夏休みなにしてるの？」

夏休み最後の練習と称して朝宮をカラオケに誘い、予定している曲を歌い終えたタイミングでふと疑問に思ったことを訊ねてみた。最近はよく一緒にいるが、お互いにプライベートに関する話はほとんどしたことがなかった。

「家で音楽聴いてるか課題してることがほとんどだよ。あ、でも先週はおじいちゃんのお墓参りに行った」

「そうなんだ。どこか遊びにいったりはしないの？　せっかくの夏休みなのに」

「ライブと花火大会とサウンド速水のスタジオとカラオケくらいかな」

朝宮が口にしたのは、全部僕と行ったイベントや場所だけだった。僕が朝宮を誘っていなければ、彼女は夏休みの大半を自宅で過ごしていたことになる。野暮なことを聞いてしまったと反省していると、カメラのシャッター音が鳴った。朝宮の携帯のカメラのレンズは、僕に向けられていた。

「なに撮ってんの？」

「夏休みだから」

「いや、答えになってないから。まあべつにいいけど」

夏休みだから、テンションが上がって写真の一枚や二枚撮りたくなったということだろうか。その割に彼女のテンションはいつもと変わらない。

「こんなに充実した夏休み、小学校以来かも。ありがとね、いろいろ遊びに誘ってくれて」

撮った写真を眺めながら朝宮は嬉しそうに言った。僕としては文化祭の練習として誘っていたつもりだったが、朝宮にとっては数少ない友人からの遊びの誘いと受け取ったらしかった。本番が迫っているとはいえ、肩ひじ張らずにそういった息抜きの時間も必要なのかもしれない。

「じゃあ、僕も撮ろうかな」

携帯をポケットから取り出し、インカメに切り替えてカメラのレンズを自分に向ける。背後のテーブルを挟んだ向こう側にいる朝宮も一緒に写るように。

「え、私も写っていいの？」

「うん、いいよ」

朝宮はぎこちなく両手でピースサインをつくり、照れくさそうに笑いながらカメラのレンズに目を向ける。僕はシャッターを切り、初めて朝宮とツーショットの写真を撮った。普段はこんなことしないけれど、夏休みだからいいかと自分に言い聞かせて携帯をポケットにしまう。

「そろそろ時間だから帰るか」

ギターをケースに入れて立ち上がると、「さっきの写真、送っといて」と朝宮がか細い声で言った。

「わかった」

ぼそりと答えて、その後は言葉を交わすことなく帰路についた。


「それで、朝宮ちゃんとはその後進展はないの？」

永戸が展示されていたエレキギターを試奏しながら聞いてくる。その日、僕は永戸と一緒にサウンド速水へ遊びに来ていた。昔から用もなくここへ来て、楽器を弾いたり修司さんと駄弁ったりするのが僕も永戸も好きだった。

「いや、進展って言われても。朝宮とはそういう関係じゃないから。同盟みたいなもんだし」

「なんの同盟だよ」

「引きこもりだった同盟」

「え、朝宮ちゃんって引きこもりだったの？」

「あ、今の聞かなかったことにして」

余計なことを口走ってしまい、適当にギターを一本手に取って失言をごまかすように試奏する。朝宮と同じ中学だったやつに聞いただけなので、僕も詳しいことは知らない。いじめが原因で視線恐怖症を発症し、長らく引きこもっていたと聞いていた。

高校に進学してから症状が少しは改善されたそうだが、今の朝宮を見ていると完治したとは到底思えない。視線恐怖症を完全に克服するために、僕とステージに立つと彼女は決めたのだ。

「でもたしかに、朝宮ちゃんってちょっと内気なとこあるもんな。話しかけても目を見ないし、挙動不審なとこあるし」

ボーカルやってくれないかなぁ、と永戸は呟く。どうやら朝宮の勧誘をまだ諦めていないようだ。

「染野くんと朝宮さん、お似合いだと思うけどなぁ」

レジカウンターの奥から店主の修司さんが口を挟む。ひび割れたアコギのボディの補修作業をしているところだった。

「さすが修司さん。やっぱそう思いますよね。一ノ瀬とはちょっとタイプがちがうけど、全然ありだって。新しい彼女を見つけたら一ノ瀬のことも忘れられると思うし」

「忘れるために付き合うって朝宮にも失礼だし、忘れたいとも思ってないから。それにさ、朝宮の気持ちを完全に無視してるよ、その考え。朝宮もなんとも思ってないと思うよ」

ひと息に捲し立てると、そうかなぁと永戸は不満そうに首を傾げる。

「そういえば染野のクラスは文化祭なにすんの？」

「ああ、なんか新撰組の仮装してカフェをやるらしいよ。新撰組の最後の地が函館だったことにちなんで、衣装とか刀をつくるとか言ってた。土方歳三とか沖田総司とか、ちゃんと役も決まってる。ただ名札を胸に貼るだけらしいけど」

「へえ、面白そうじゃん。遊びにいくわ。染野は誰の役？」

「なんだっけな。たしか藤堂さんとかいう人」

「ごめん、わかんないわ」

永戸が首を捻ると、「御陵衛士の藤堂平助だ」と修司さんがレジカウンターの奥から嬉しそうに声を飛ばした。

「修司さん、詳しいんですね」

「新撰組好きだから」

修理中のギターを鳴らしながら修司さんが笑った。その後もうんちくをいくつか披露してくれたけれど、いまいちぴんとこなかった。

新撰組カフェはクラス全員が交代で店番をする予定で、僕と朝宮は一日目の午前中に店番をすることになっていた。

夏休みの終盤から衣装や小道具づくりを始めるらしく、二学期が始まる数日前に登校しなくてはならなかった。強制参加ではないけれど、帰宅部の生徒はなるべく参加してほしいとのことだった。

「もうすぐだな、文化祭」

永戸はそう言いながらギターを爪弾く。文化祭で披露するという新曲を弾いていた。

店内の壁にかかっているカレンダーに目をやる。夏休みが終わるまで、あと一週間。

千夏が死んでから最初の夏も、もうすぐ終わろうとしていた。


文化祭の準備も順調に進み、二学期が始まってから一週間が過ぎた。衣装や小道具、看板などの製作はまだまだ終わりは見えず、放課後も残って作業をした。

お祭りで着るような青い法被を集め、白のテープで新撰組の特徴的なだんだら模様を再現する。背中の『祭』の文字が見えないように、新撰組の『誠』の文字を書いた布を上から縫いつけ、それっぽく見せる。

刀はネットでつくり方を調べて作成した。段ボールを開いて刃の部分やツバ、柄の下絵を描いてカッターで切り抜き、刀の形に折り曲げ接着剤を塗って乾くまでガムテープで固定する。それを何本も作成し、それぞれ好みに合う着色をして個性豊かな刀が次々と完成した。予算が少ないため羽織も刀も雑なつくりではあるが、意外といい出来栄えとなった。

「染野、藤代が呼んでるぞ。朝宮ちゃんも」

黙々と作業していると、永戸が教室に入ってきて僕と朝宮に呼びかけた。

朝宮と藤代の教室に向かうと、彼はタイムテーブル表を僕たちに突きつけた。

「ほら、お前らの出番、無理やり捻じこんでおいたから。コンビ名というか、ユニット名？　それをここに書いて」

「ユニット名？」

「まさか考えてなかったのか？　ステージに上がる以上は必要に決まってるだろ。ほら、ほかのやつらだってバンド名とかユニット名とか書いてあるだろ」

タイムテーブル表を見ると、たしかにそれぞれ出演者のチーム名のようなものが記されている。ＣＬＡＹはもちろんそのままだ。

「まったく考えてなかったな。朝宮はなにかいい案ない？　なければ適当に……『染野と朝宮』にしちゃうけど」

朝宮は藤代が苦手のようで、僕の後ろに隠れていた。振り返ると彼女は顎に手を当てて思案顔で唸る。

「う～ん。レモンティと染野……レモンティと翼……。う～ん」

朝宮はしばらく唸ったあと、なにか思いついたように声を上げ、藤代が差し出したペンを手に取ってタイムテーブル表に文字を書いた。

『Shut-in』

その文字には、輪切りにしたレモンと羽のイラストが添えられている。

「シャットイン？」

「引きこもりみたいな意味。私たち、引きこもり同盟だから」

自信満々に即答する朝宮。朝宮と一緒にステージに立つと決めてから、僕がなにげなく発した引きこもり同盟という言葉を覚えてくれていたらしい。

「まあぴったりな名前だし、いいんじゃない。シャットインで。それじゃ、これで提出しとくわ」

藤代はタイムテーブル表を手に取って教室を出ていく。意味を知られたら恥ずかしくなるような名前だが、ほかにふさわしいユニット名は浮かびそうになかった。

「いい名前思いついてよかったぁ」

教室に戻る途中の廊下で、朝宮がひと仕事終えたように顔を綻ばせて言った。もっとかっこいい名前がよかったけれど、もう決まったことなので指摘するのはやめておいた。

「いよいよ来週だな。大丈夫そう？」

そう声をかけると、朝宮の表情は途端に引き締まった。

「大丈夫……だと思う」

歯切れの悪い言葉が返ってくる。僕とふたりでの練習は問題なくできているが、観客を想定しての練習はまだ一度もできていなかった。

「僕たちの持ち時間は五分間だけだし、あんまり気負わずに楽しんだらいいと思う」

「そうだね、うん。そうする」

朝宮は自分に言い聞かせるように何度も頷く。

そのあとは教室に戻って作業を再開した。教室の雰囲気は和気藹々としていて皆楽しそうに作業をしているのに、朝宮は最後まで誰とも話すことなく黙々と手を動かし続けていた。


文化祭当日。一日目が終わったら朝宮とサウンド速水の貸しスタジオで最後の練習があるので、僕はギターを背負って学校へ向かった。

校門に足を踏み入れるとすでに生徒たちはお祭り騒ぎで、ここが学校だということを忘れてしまうくらい装飾も華やかで、賑わっていた。

教室に入ると新撰組カフェの準備は整っていて、作成した羽織を着ている生徒が多かった。朝宮も制服の上から着用していて、胸には新撰組のメンバーの名札が貼ってある。僕はあまり詳しくはないのでその名前は知らないけれど、きっとすごい人なのだろう。

朝宮は額にハチマキを巻き、段ボールでつくった刀をまじまじと見つめていた。

「おはよう」

ひとりぽつんと教室の隅にいる朝宮に声をかけると、「おはよ」と小さく返ってくる。浮き立っている生徒たちの中で、彼女だけが物憂げな顔で佇んでいるその光景は、やけに際立って見えた。

「なんか元気ないけど、大丈夫?」

「そんなことないし、私っていつもこんなでしょ」

たしかにそのとおりだった。今日だけとくに元気がないわけではなく、彼女はいつもこんな調子だ。教室内は騒ぎ立てる生徒が多いせいで、普段よりも元気がないように見えてしまった。

「染野、お前も早く着て準備して。お、朝宮さん似合ってるね」

石川啄木に扮した西島が僕の羽織を持ってきてくれた。西島は衣装が足りなかったせいでひとりだけ着物を持参し、函館にゆかりのある石川啄木の仮装をしているのだった。髪の毛はきっちりと七三分けにして、見事に啄木になりきっている。新撰組カフェにしたいと最初に手を挙げたのは西島だったのだから、せめて近藤勇や沖田総司などの仮装をすればよかったのに、彼だけ新撰組ですらない。

衣装を着用し、さっそく仕込みに取りかかる。新撰組の青と白の羽織をイメージした、新撰組ソーダフロートが目玉商品だ。

真面目に準備をしている傍らで段ボールの刀でチャンバラを始める生徒が続出して、止めに入った石川啄木が見事に切られて教室が沸いた。

「歴史が変わる～」

最後にそう言い残して、西島扮する啄木は絶命した。

「そういうのいいから、さっさと手伝って男子！」

怒られた西島はすぐに生き返って乱れた七三の頭を真顔で直し、作業に戻る。

直後に文化祭開始のチャイムが鳴った。

新撰組カフェがよほど斬新だったのか、開店すると続々と客が来店してすぐに満席になった。

一時間に一度だけミニ劇場が開演し、衣装を着た男子生徒たちがチャンバラを始めるという茶番も用意していた。新撰組は内部抗争が多かったという史実もあるため、それになぞらえて勝敗も決まる。

誰であろうと近藤勇や沖田総司、土方歳三には勝てず、唯一の対抗馬がまさかの石川啄木だった。

「啄木は刀なんか振り回さないだろ。歌人なんだから」

客席からさっそく突っこみが入る。もっともな指摘だったが、啄木は次々と新撰組をなぎ倒し、近藤勇でさえも敵わなかった。歴史上では決して交わることのない両者だったが、教室は大いに盛り上がって啄木コールが飛び交った。

普段の教室ではほとんど笑顔を見せない朝宮も、堪えきれずに小さく笑っている。彼女は携帯をポケットから取り出して写真や動画を撮り、それを僕に見せ、ふたりで笑った。


文化祭の一日目が終わったあと、朝宮とサウンド速水へ直行した。彼女は普段はバス通学だが、今日は事前に貸しスタジオへ行くと伝えていたので自転車で学校へ来ていた。

「いよいよ明日だな。てか店番終わったあとはどこにいたの？」

ペダルを漕ぎながら、浮かない表情の朝宮に声をかける。新撰組カフェの店番は午前で終わりだったが、そのあと朝宮はどこかへ姿を消して放課後まで見当たらなかったのだ。

「終わるまでずっと図書室で本読んでた」

「え、せっかくの文化祭なのに」

「騒がしいの、苦手だから」

朝宮は開き直ったように毅然とした口調で言った。そんな調子で明日のステージは大丈夫なのだろうかと不安になる。

やがてサウンド速水が見えてきて、ブレーキを握って店の前に自転車を停めた。

「お、いらっしゃい、ふたりとも。いよいよ明日だね。見にいきたかったなぁ」

修司さんが変わらない笑顔で出迎えてくれる。今日は高そうなビンテージギターの手入れをしているようだった。

「こんにちは。スタジオ、もう空いてますか？」

「うん。今日は染野くんたちしか予約入ってないから、好きに使って」

「ありがとうございます」

軽く言葉を交わしてからスタジオに入ると、さっそくギターケースからギターを取り出して音を鳴らす。朝宮は持参したレモンティを飲んで喉を潤し、スタンドマイクを口に近づけて音量を確かめるように適当に発声した。

「じゃあ、始めるか」

「うん」

まずは朝宮が選曲したワンコーラスだけの曲から始める。夏の終わりを感じさせるような切ないナンバー。二十年近く前の曲だけれど、今なおいろんなアーティストがカバーしていて、何年経っても色褪せずに歌い継がれている名曲だ。

レモンティの動画にもこの曲があって、再生回数も伸びてとくに人気だったらしい。

千夏もこの曲が好きだった。カラオケに行ったときもよく歌っていて、僕に弾いてとせがんできたこともあるくらいに。

一曲目が終わると、本番を想定して間を置かずに二曲目に入る。僕たちの持ち時間はたったの五分なのだから、ＭＣを挟む予定はない。

僕が千夏のためにつくった曲。今までつくった楽曲の中で一番時間を費やし、ようやく完成した矢先に彼女は僕のもとからいなくなった。

時間がかかったとはいえ、僕の最高傑作になったのかはわからない。千夏を意識するあまり、通俗的なラブソングに成り下がっている気がしないでもなかった。レモンティの動画では短時間で三万回も再生されて高評価だったみたいだが、一番聴いてほしかったのは顔の見えない視聴者じゃない。

誰よりも届けたかった千夏には、もう一生届かない。それなのに、僕はいつまでこの曲に縋っているのだろう。事情を伏せて朝宮にこの曲を歌ってもらっていることに、若干の罪悪感が芽生えていた。

千夏に届けたい一心で、音声ソフトを用いた動画を添付してメッセージを送りつけたこともあったが、当然だけれど呑気な言葉が返ってきて虚しくなった。

ふいに目の奥が熱くなり、弦を弾く手を止めてしまった。

「どうしたの？」

急に演奏を止めた僕の顔を、朝宮は不思議そうに覗きこんでくる。顔を背けて歪みそうになった表情を隠す。

「ごめん、ちょっとミスった。もう一回やろ」

　気を取り直してもう一度イントロから弾き直す。演奏が終わるとまた一曲目から練習して、それを三回繰り返した。歌い終えた朝宮の表情は硬く、どこか不安げでもあった。

「……明日、やっぱり不安？」

　俯いたまま微動だにしない朝宮に優しく声をかけると、彼女は「ちょっとね」と無理やり貼りつけたような笑顔を見せた。

「そっか。ステージに立ってたくさんの人の前で歌うのって、勇気がいるよな。永戸たちも未だに緊張するって言ってたし」

「……そうなんだ」

「今さらだけど、どうしても無理そうだったらキャンセルすることもできるから」

　視線恐怖症は、人にはなかなか理解してもらえなくて、他人が思っているよりもずっと本人は苦しんでいる病気なのだとなにかで読んだ。彼女にとってステージで歌うことは、僕が考えているよりも何倍もの苦痛を伴う行為にちがいなかった。

　それでも朝宮は自分を変えようと必死なのだ。そんな朝宮に、ステージを諦める提案をするなんて、言い終えてから酷く後悔した。

「……大丈夫。せっかく頑張ってきたんだし、染野くんも巻きこんじゃってるんだから、今さらキャンセルなんてしないよ」

「いや、文化祭で歌わないかって誘ったのは僕なんだから、朝宮に巻きこまれたなんて思ってないよ」

そういえばそうだったね、と彼女は力なく呟いた。

「頑張ろう」と拳を突き出すと、朝宮はこつんと軽く拳を合わせ、「シャットインの初陣だね」と僕と目を合わせずに言った。

その変なユニット名を思い出して思わず笑ってしまう。響きだけはかっこいいのに、ただの引きこもりという意味なのだと思うとおかしかった。

「なんで笑うの？　いい名前なのに」

「ごめんごめん。もう時間ないから、最後にもう一回通して出ようか」

「そうだね」

ギターをかまえて予定している曲を弾きはじめる。イントロが終わると朝宮の綺麗な歌声が合流し、僕はその美声に酔いしれながらギターを奏でる。

そうして最後の練習が終わり、修司さんにお礼を言ってからサウンド速水をあとにした。

店の前に停めていた自転車を解錠し、顔を上げると朝宮の表情はまだ曇っていた。

朝宮の背後、民家の隙間から薄らと五稜郭タワーが見えている。箱館戦争の舞台となった五稜郭公園にそびえ立つ、星形のタワー。観光客にも人気で、中学の頃に千夏と行ったことがあった。

「ちょっと気分転換に、あそこ登ってみない？」

遠くに見えるタワーを指さし、そう持ちかけてみる。朝宮は振り返ってタワーを見上げる。

「うん、いいよ」

あまり乗り気ではなさそうだったが、自転車を走らせて五稜郭公園へ向かった。サウンド速水から自転車でおよそ五分。そこは相変わらず観光客で賑わっていた。

「ここ、来たことある？」

きっとないだろうなと思いつつ訊ねると、案の定朝宮はかぶりを振った。

「ないよ。いつも遠くから見てるだけ」

「それならちょうどよかった。高いとこ苦手じゃなければ楽しめると思う」

朝宮は鞄の中からキャップを取り出して目深に被った。いつも鞄の中に常備していて、人が多いところへ行くと必ずキャップを被って周囲の視線を遮断するのだ。

チケットを二枚購入し、エレベーターに乗って天辺へ向かう。ドアが開くと、窓ガラスに反射した太陽のオレンジ色の光が目に飛びこんでくる。展望台からの景色は見晴らしがよく、星形の五稜郭公園と函館市内が一望できる。

朝宮は携帯を取り出し、眼下に見える星形の公園を何枚も写真に収めていた。その表情は子どものように輝いていて、少しは気分転換になっただろうかと安堵する。

「見て。土方歳三がいる」

展望台には函館市の景色を背に、腰に刀を差し、勇ましい顔つきで鎮座している土方歳三のブロンズ像がある。観光客に人気のフォトスポットとなっていて、僕の携帯の中にも千夏と撮った写真が何枚か眠っていた。

朝宮はブロンズ像を写真に収めると、「歳三の隣に立って」と僕に指示し、そのまま歳三とツーショットの写真を撮った。

ギターを背負っている僕と、刀を携えた土方歳三の意味のわからない写真が僕の携帯に送られてきた。

展望台を満喫したあとはエレベーターで一階へ降り、お土産売り場を軽く眺めてからフードショップの列に並んだ。クッキーが刺さったラムネ味の新撰組ソフトクリームを買い、外に出て公園内を朝宮とふたりで歩いた。

「なんか初めてかも」

新撰組の文字が印字されたクッキーをかじりながら朝宮が言う。僕の視線を感じたのか、彼女はぷいと顔を背けた。

「なにが？」

「函館に来てから、こうやって市内を見て回るのが。この前のライブのときもそうだったけど、今日も誘ってくれてありがとう」

「いや、全然。こういうとこにはあんまり誘わない方がいいのかなって思ってたけど、そうじゃないならよかった」

「いつも行くか断るか、吐きそうなほど悩んでるけどね」

今日の朝宮はいつになく笑顔が多い。明日披露する予定の曲を鼻歌で歌いながら、僕の先を歩いていく。

彼女はゆっくりと振り返ると、今度は五稜郭タワーの外観の写真を撮りはじめた。

「上から見るとちゃんと星形なのに、下からだと広すぎて全然わからないね」

タワーの写真を撮る朝宮の姿を見て、過去の千夏の言葉が蘇った。あのときの千夏も、ソフトクリームを片手に何枚も写真を撮っていた。

――これでここも見納めかなぁ。

最後に外出したとき、そう言った千夏の寂しそうな声が今でも耳に残っている。

朝宮がタワーから僕に携帯のレンズを向ける。その姿が千夏と重なった。

朝宮はシャッターを押さずに、携帯を下ろして僕の顔を覗きこむ。

「どうかしたの？」

「……なにが？」

「なんか、悲しそうな顔してるから」

「そんな顔してないって」

笑顔をつくってごまかしてみたが、うまく笑えているか自信がなかった。

しばらく無言で園内を歩き、観光客に交じって奉行所や兵糧庫などの建物を眺めて入口に戻る。時刻はまもなく午後六時を回ろうとしていて、九月の空はずいぶん薄暗くなっていた。

駐輪場に停めていた自転車を押して歩き、途中まで帰り道が同じなので今日の文化祭の話などをしつつ帰路につく。

五稜郭公園を出て周囲に人が減ってくると、朝宮はキャップを取って鞄の中にしまった。

「私、去年も一昨年も文化祭休んでたから、今日は楽しかった」

彼女は信じがたいことをさらっと僕に告げた。二年連続で文化祭を欠席するやつなんて、中高と振り返ってみても少なくとも僕の周りにはいなかった。

「なんで休んだの？」

聞かずとも理由はなんとなくわかってはいたが、念のため訊ねてみた。

「一年のとき私のクラスのだしものが劇だったんだけど、私、村人役で出ることになっちゃって。あまりにも嫌で、当日の朝、熱が出て嘔吐もしちゃって休んだの」

「……そうなんだ」

「で、去年はお化け屋敷だったんだけど、受付を頼まれちゃって。学校の前までは来たんだけど、結局勇気が出なくてそのまま家に帰った」

　朝宮が出るはずだった劇も、お化け屋敷も、僕は両方見にいった記憶がある。そのときは朝宮の存在すら知らなかったけれど、彼女は誰にも話せずにひとりで苦しんでいたのだろう。

「二年連続で文化祭欠席してたのに、今年はよく来れたな」

「……うん。今年は、染野くんがいてくれたから頑張れた……気がする」

　僕が立ち止まって朝宮に視線を向けると、彼女は慌てて取り繕うように付け足した。

「いや、ほら、ひとりでも私のことを理解してくれる人がクラスにいると心強いというか、なんというか……。べつに変な意味じゃないからね」

「変な意味って？」

「……なんでもない」

「てか朝宮、いつの間にか僕の顔を見て話せるようになってる。今もずっと目合ってたし」

　そう指摘した瞬間に彼女は視線を逸らした。これまで彼女とはほとんど目は合わずにいたけれど、今は長い時間僕の目を見て話していた。ここしばらく人の多いところに積極的に出向いていたからか、少しずつ克服しつつあるのかもしれない。

「染野くんとは最近ずっと一緒にいるから慣れただけだよ。べつに、変な意味はないから」

そこから朝宮はもう僕とは目を合わさず、言葉も交わさずに黙々と歩き続けた。

サウンド速水の近くまで来ると、朝宮は自転車に跨がって僕を振り返った。

「じゃあ私、こっちだから。明日、頑張ろうね」

「うん、頑張ろう。明日の朝、具合悪かったら言って」

「大丈夫。今日も平気だったし。一応、家を出るときに連絡するね」

「わかった」

朝宮は僕に手を振ってから横断歩道を渡り、軽快に走り去っていった。

僕は自転車を押して、夜風に当たりながらぼんやり歩いた。ちょっと前まではこの時間でも暑かったのに、今は夜になると少し肌寒い。もうすっかり秋だなと暮れていく空を眺めながら歩いていく。

ふと思い立って携帯を手に取り、千夏にメッセージを打った。

『明日、体育館のステージで千夏のためにつくった曲を演奏するよ』

そう入力したものの、少し迷ってから消し、『文化祭』とだけメッセージを送った。

その言葉はどうやら当たりだったようで、千夏が設定した文章が返ってきた。

『文化祭いいなぁ。翼のクラスはなにやるの？　有志でステージに立って、弾き語りとかしたらいいんじゃない？　まあでも、翼はそんなタイプじゃないかぁ。とりあえず、楽しんでね』

思ったとおり、『文化祭』という言葉に反応して千夏の隠しメッセージが届いた。明日僕がライブをすることを千夏が知ったら、きっと驚くだろうなとにやけながら返事を打った。

『予想が外れて残念だけど、明日ライブをするんだ。僕だってやるときはやるんだから』

いつも千夏にはしてやられてばかりだけれど、今日は僕が優位に立ったような気がしてひとり悦に入る。

間髪を容れずに返事が届く。

『新曲つくったらさ、録音してここに送ってね。たぶん聴けないだろうけど、お墓にお供えするつもりで送って。もしかしたらここと天国が繫がってて、わたしに届くかもしれないし。なんてね』

次の返答はなんとも千夏らしいなと微笑みながら、僕は「新曲つくったら絶対送るよ」と返事を送った。

するると、『なにかが終わるときは、なにかが始まるときでもあるんだよ』と意味深な言葉が返ってきて、僕はその言葉の意図を汲み取ろうと考えてみたが、結局千夏の言わんとすることはわからなかった。

迎えた文化祭二日目の朝、家を出る前に朝宮からメッセージが届いた。

『おはよう。寝不足で頭が重たいけど、今日も問題なく行けます！　たったの五分だけなんだから大丈夫！　頑張ろう！』

メッセージの最後にレモンと羽の絵文字を添えて、自分に言い聞かせるような言葉が送られてきた。

『了解！　頑張ろう！』

そう送り返して、自転車に乗って学校へ向かった。

頭上には抜けるような青空が広がっていて、新しい船出には最適な朝だった。もしかすると朝宮は、明日にはクラスの人気者になっているかもしれない。五分間の短いライブだけれど、やり遂げることができれば僕もまた少しは前向きに生きられるような気もした。

淡い期待を胸に抱きながら、軽快に自転車を走らせていく。

カフェ仕様の教室にはすでに朝宮の姿があって、机を連結させてつくった窓際の席にぽつんとひとりで座っていた。

　朝宮は椅子の背もたれに体を預け、どこか物憂げな顔で窓の外に視線を向けている。もう少し楽しそうにすればいいのに、騒がしい教室の中で彼女だけがつまらない授業の開始を待っているような、いつもと変わらない姿がそこにある。

「おはよう」

　背負っていたギターケースを下ろして朝宮に声をかける。彼女は顔を上げ、僕を確認すると強張っていた表情は弛緩した。

「おはよ」

「なんか緊張してる？　顔、死んでるよ」

「そりゃあ緊張するでしょ。今日ステージに立つ人は皆してると思う。染野くんもそうでしょ？」

　朝宮はまた、長い時間僕の目を見つめて聞き返してくる。長いと言ってもそれは彼女にとって、という意味で、実際は三秒程度だ。

「多少は緊張してるけど、でも朝宮も言ってたようにたったの五分間だけだと思えばまだ気が楽かな」

「その考え、大事だね」

　朝宮と言葉を交わしていると、新撰組の羽織を着たふたりの生徒が僕たちのもとへやってきて、冷やかすような言葉をかけてくる。

「なになに、朝宮と染野ってできてんの？　え、そういう関係？」

胸に『斎藤一』と書かれた名札の生徒が半笑いで聞いてくる。

「最近ふたりでいるとこよく見るわ。いるよなー、文化祭で付き合うやつら」

沖田総司の名札をつけた生徒が僕と朝宮を小馬鹿にしたように交互に見て、鼻で笑った。

「いや、付き合ってるとかそういうのじゃないから。ふざけてないで作業戻れよ」

なんだと、と斎藤が芝居がかった口調で吐き捨て、腰に差していた刀を抜いた。

沖田がけらけら笑いながら「放っとけって」と斎藤の肩を叩き、ふたりはまた別の生徒に絡みにいった。

三年に進級してから出遅れてしまったせいで、僕はこのクラスの生徒とはあまり馴染めていなかった。さっきのふたりも、文化祭という日常からかけ離れた空間に身を置いているからノリで僕と朝宮に絡んできただけで、きっと普段であれば視界にも入らなかったにちがいない。

朝宮も無神経な彼らに腹を立てたのか、不機嫌そうな顔で窓の外に視線を投げていた。

直後にチャイムが鳴り、文化祭の二日目が幕を開けた。僕と朝宮の出番は午後一時半からで、今日は店番もないためにやることがなかった。

教室にはさっそく客がやってきて、邪魔にならないように廊下に出る。廊下に出た先にはギターケースを背負った永戸が立っていた。

「よう。いよいよだな。もうばっちりなのか？」

「うん。何度も合わせたし、大勢の前で演奏するのも初めてじゃないから大丈夫」

数年前に一度だけ、ライブハウスでＣＬＡＹのサポートギターとして一緒にライブに出たことがあった。ベースの川浦が前日に風邪を引き、楽器全般を弾ける永戸がベースを務めて急遽僕に指名が来たのだ。

普段はひとりでのんびりギターを弾いているせいか、僕の演奏だけが浮いていて成功とは言いがたかったけれど、舞台に立った経験はあった。

「いや、染野じゃなくて朝宮ちゃんのことだよ」

「朝宮？」

「ほら、朝宮ちゃんって人前に出るの苦手そうだし、俺らといてもいつもおとなしいからさ、大丈夫なのかなって。今も思い詰めたような顔してるし」

後ろを振り返ると、教室の隅に移動した朝宮がこの世の終わりのような虚ろな表情で佇んでいる。

長い前髪から薄らと覗く瞳からは生気が感じられず、隣のクラスのお化け屋敷のお化け役にスカウトされてもおかしくないほど顔が青白かった。

「とりあえずさ、校内をふたりで回ってきたら？　少しは緊張が和らぐと思うし、相方なんだからサポートしてやらないと」

永戸に背中をぽんと押され、教室に戻される。彼の言うとおり、僕が朝宮をステージに誘ったのだから、最後までサポートしてやるのは義務なのかもしれない。

今朝、朝宮は大丈夫だと意気込んでいたが、僕に心配をかけまいと強がっていたのだろう。

「あの……やることないんだったらさ、ちょっと模擬店とか見て回らない？　まだ出番まで時間あるし」

土方歳三のブロンズ像のようにぴくりとも動かない朝宮に投げかけると、彼女は顔を上げて僕を見た。

「私はべつにいいけど、染野くんはいいの？　またさっきみたいに私と付き合ってるって思われるかもしれないよ」

「え、ああ。べつに大丈夫でしょ」

「でも、さっきは嫌がってたじゃん」

「や、そういうわけじゃなくて、ちゃんと否定しておかないと朝宮にも迷惑がかかると思って……」

ふうん、と彼女は僕に背を向けて教室を出ていこうとする。さっきのふたりに舐められないように強めに否定したからか、朝宮は自分を否定されたと勘ちがいしているのかもしれない。

後方のドアの手前で振り返る朝宮。その表情は柔らかく、どうやら杞憂だったようでほっと胸を撫で下ろす。

「なにしてるの？　早く行こう」

ふたりで教室を出て、三年のクラスから順番に見て回った。お化け屋敷や迷路、オカルト研究部がやっている手相占いなど、時間をかけてひとつひとつ見ていった。

手相占いで百歳まで生きると言われた朝宮は、そんなことどこに書いてるんですか？　と身を乗り出して占い師を問い詰めていた。オカルト研究部の部室は雰囲気を出すためにカーテンが閉め切られていて薄暗く、そのおかげなのか朝宮は視線を気にすることなく堂々としていた。

その様子を眺めていると、千夏も病気にさえ罹患していなければ百歳まで生きられたのだろうかと、ふと思った。

もし千夏が今も生きていたなら、僕は今日の文化祭も千夏と一緒に回っていたのだろうか。そうだとしたら、朝宮はどうしていただろう。

僕と朝宮が親しくなっていなければ、彼女は今年も文化祭は不参加で、僕とステージに立つこともなかったかもしれない。それどころか僕はレモンティの存在すら知らずにいた可能性だってあるのだ。

そんなことを考えても意味がないとわかっていても、ありえたかもしれない未来を考えずにはいられなかった。

「染野くん？　どうしたの？」

「え？　ああ、ごめん。なんでもない。占いはもういいの？」

「うん。染野くんもやってみたら？　隣のタロット占い。よく当たるらしいよ」

朝宮に背中を押され、仕方なくタロット占いの列に並ぶ。占っているのはオカルト研究部の部長らしく、黒のローブを身に纏(まと)い、頭がすっぽりと隠れるほど深くフードを被っていた。その不気味な容姿は、ひと目見ただけでは男子なのか女子なのかすらわからない。

しかし当然声は聞こえるので、部長が女子であることだけはわかった。

やがて僕の番がやってきて、「よろしくお願いします」とひと声かけてから椅子に座った。

部長は無言でタロットカードを机に乱雑に並べ、両手を使ってシャッフルしはじめた。それが終わるとカードをひとまとめにして山をつくり、机の中央に置いた。

「好きな数字は？」

フードの奥から、ぼそりと掠れた声が届く。僕は少し考えてから、「じゃあ、七で」とありきたりな数字を選択した。

「では、上から七番目のカードを引いて、表にして置いてください」

言われたとおり、上から順番にカードを引いていく。僕の隣に立っている朝宮は、神妙な面持ちで僕の手元に視線を注いでいる。

七番目のカードが手に触れる。それをひっくり返し、カードの山の横に表向きに置いた。

『DEATH』の文字が見えた。鎧を身に纏った骸骨が、白馬に跨がってこちらをじっと見つめる絵札。足元には死体が転がっていて、タロット占いの素人である僕が見ても不吉なカードであることは容易に想像できた。

「わっ、死神だ」

朝宮が僕に追い打ちをかけるようにぽつりと呟いた。

「死神のカード……これはですね……」

部長がゆっくりと占い結果の解説を始める。僕は判決を下される被疑者の気持ちになって、一応控訴の準備だけ心の中で進めておいた。

「決して悪いカードではないんです。古いものの終焉(しゅうえん)と、新たな始まりを暗示しています。過去を断ち切り、そして新しい一歩を踏み出し、再スタートを切る時期なのかもしれませんね」

部長は細長い指を伸ばし、死神のイラストの背後に見える輝く太陽をさしていた。

言われてみるとたしかに、忌々しい過去を捨て去ってこれから生まれ変わるような、そんなポジティブなカードに見えなくもなかった。


——なにかが終わるときは、なにかが始まるときでもあるんだよ。


昨日の帰り道、千夏から届いたメッセージの一文を想起する。僕がなにげなく送ったメッセージに対する返信で、もしかするとあれは、僕に前を向いてほしくてかけてくれた言葉だったのかもしれない。僕と千夏の関係は終わり、千夏のいない世界で僕はまた新たな毎日を生きていかなくてはならないのだと。

自分の死後、僕が絶望しているだろうと予想して、千夏は僕にそんなメッセージを残してくれたのかもしれない。

「染野くん？　もう終わりだって。後ろがつっかえてるから行こう？」

朝宮の声ではっと我に返り、慌てて立ち上がってオカルト研究部の部室を出る。

「なにか引きずってることとかあるの？」

廊下に出ると、タロット占いの結果を受けてか朝宮が訊ねてくる。

「なんもないよ」と僕は答え、下見を兼ねて体育館へ移動した。

体育館は大勢の生徒で埋め尽くされ、今はダンス部がパフォーマンスを披露して館内を盛大に盛り上げていた。

朝宮は壁に背中を預け、背伸びをしてステージに目を向けている。彼女は廊下を歩くときも人の視線を気にして壁に沿うようにして歩いていた。そうすることで逆に目立っているようにも見えたけれど。

「数時間後にはここで歌うことになるんだな」

体育館の熱気を肌で感じて顔を引き攣らせた朝宮に、そっと声をかける。プレッシャーをかけるつもりはなかったけれど、朝宮は「なんでそんなこと言うの」と壁に額をつけて僕を非難した。

「ごめん。でもまさかこんなに人が入ってるとは思わなくて。しかもＣＬＡＹはけっこう人気があって去年もほぼ満席だったから、午後からはもっと人が増えるかもしれない」

そのひと言でさらに朝宮を追い詰めてしまったようで、「それ以上はなにも言わないで」と彼女は両手で耳を塞いだ。

騒がしい体育館を出て外の屋台で適当に昼食を摂り、時間が来るまで再び朝宮と校内を散策した。時間が経つにつれ朝宮の口数が減り、顔色も悪くなっていく。昼食に買った焼きそばも、ほとんど喉を通らないようだった。

今占いをしたら、彼女の寿命が三十年近く減っていてもおかしくはないだろう。

「朝宮……大丈夫？」

今日は何回彼女に同じことを聞いただろうか。聞くたびに大丈夫だと彼女は返してくるが、どうしてもそうは思えなくて何度も問いかけてしまう。

「大丈夫……だと思う」

返ってくる言葉も次第に曖昧なものに変わっていて、余計に心配になる。朝宮はふらふらと歩き、屋上に行って外の空気を吸いたいと言うので、僕は教室に戻ってギターを背負ってから屋上へ向かった。

屋上にはひと組の男女がいて、男子の方が体をくの字に曲げて女子に手を差し出し、その姿に女子の方は戸惑っているようだった。おそらく男子がちょうど告白したタイミングらしく、僕と朝宮は黙ってその様子を見守る。

「本当に好きです！」

男子はダメ押しとばかりに愛の告白をする。

「……ごめんなさい！」

女子は勢いよく頭を下げると、走って屋上を出ていく。振られた男子はがっくりと肩を落とし、僕と朝宮の間を通って去っていった。

「なんか、すごいもの見たな」

「うん。でも、青春って感じでいいね。私、今まで学校で青春を感じたことなかったから、すごく新鮮な気分」

朝宮は言いながらフェンス際まで歩き、どこか遠くに視線を投げる。

「文化祭って青春のすべてが詰まってるようなもんだから。たまにいるよ、ああやって告白して振られるやつ。去年は永戸が振られてたし」

「そうなんだ。染野くんはいないの？　告白したい相手」

「さあね」

「なにそれ。じゃあ、告白したことはあるの？」

「……一度だけなら」

「あるんだ。結果はどうだったの？」

朝宮はフェンスに手をかけたまま、僕を振り返って聞いてくる。その拍子に彼女の髪の毛が風に流され、表情は窺えなかった。

あれは中学二年の夏——花火大会の帰り道にした千夏への告白を思い出す。

「わたしは翼のことが好きだから、藤代くんの告白を断ったんだよ」

藤代の告白を断ったと聞いて、どうして断ったのか疑問に思っていたときに千夏が僕にそう言ってきたのだ。そのあまりにも真っ直ぐな言葉に意表を突かれ、僕は照れくさくてなにも返せなかった。

「一ノ瀬のやつ、染野からの告白を待ってるんだと思うよ」

千夏に好きだと言われてから一ヶ月が経った頃、永戸が僕の部屋でギターを弾きながら、突然そんな話を始めた。好きだと伝えたのになにもアクションを起こさない僕にしびれを切らしたのか、千夏が永戸に愚痴ったらしかった。

「告白するよりも、やっぱりされる方が嬉しいんだと。もたもたしてるとほかの男に取られるぞ」

永戸に背中を押されて、そのあとすぐにあった花火大会の帰りに、人生で初めての告白を試みた。

「あの……よかったら付き合う？」

面と向かって気持ちを伝えるのが苦手で、さらに千夏とは付き合いも長いために好きだと告げるのも照れくさくて、そんな腰の引けた告白になってしまった。

「翼はわたしのことが好きなの？」

「うん、まあ……そういうこと」

「ふうん。じゃあ、いいよ」

煮え切らない態度を見せる僕に千夏は不満そうだったけれど、告白を受け入れてくれてその日から僕たちの交際が始まった。

「染野くん聞いてる？　もしかして、振られちゃったとか？」

朝宮のその声に、過去の千夏の姿は消滅する。気がつくとフェンスに手をかけた朝宮が不思議そうに僕を見ていた。

「いや、成功したよ。さっきの男子みたいに、真っ直ぐに気持ちを伝えられはしなかったけど」

「あー、なんとなく想像つく。その人とはもう別れちゃったの？」

「……まあ、そんなところ」

曖昧に答えて適当なところに腰を下ろし、ギターをケースから取り出して弦を弾く。それ以上はなにも聞かれたくなかった。

涼しい風に吹かれながら一曲目に披露する曲を奏でていると、朝宮はそっと語りかけるように歌い出した。フェンスの奥の、遥か遠くの空に向かって朝宮は歌う。表情の変化に乏しい彼女だけれど、歌っているときはいつだって楽しそうに笑うのだった。

その姿がいつも千夏と重なって見えてしまう。僕がギターを弾くと、千夏も朝宮のように楽しそうに歌っていた。

その流れのまま二曲目に続き、本番前の最後の練習を終えた。

歌い終わったときには先ほどまでの強張った表情は消え去り、朝宮は清々しい顔で空を見上げていた。

つられて空を仰ぐと、青空の中に薄らと月が浮かんでいるのが見えた。

「月が綺麗だなぁ」

昼間の月でも、思わずそう呟いてしまうほど美しかった。夜に浮かぶ月よりも、心なしか白さが際立って見える。

「ほんとだ。綺麗だねぇ」

朝宮がうっとりとした口調で言うと、はっとなにかに気づいたように僕を振り返った。なぜか頬が赤く染まっている。

「え、は？」

「ん？　なに？」

「いや……え？」

「え？」

お互いに探るように顔を見合わせる。いったいなんだというのだろう。見当もつかなかった。

「もしかして今のって、私に告白……」

「え、どういうこと？」

「いや、だから……あ、もしかして知らないだけ？」

　びっくりしたぁ、と朝宮は胸を押さえて安堵の息をついた。僕は首を捻る。

「『月が綺麗ですね』って、愛してるって意味なんだよ。染野くん、歌詞書いてるのにそんなことも知らなかったんだ」

「え、そうなの？　全然知らなかった……」

「染野くんって意外と天然なんだね。素でそんなこと言う人初めて見た」

　そのとき、ふと既視感に襲われた。以前にもどこかで同じようなやり取りをした記憶がある気がするが、うまく思い出せない。朝宮は焦る僕を見て笑いだした。

「勘ちがいさせちゃうから、女の子の前ではそういうこと言わない方がいいよ」

「わかったって。そんなことより、そろそろ体育館行くか。あと三十分しかないし」

　ギターをケースに入れ、まだクスクスと笑っている朝宮に移動を促す。

「うん。シャットインの初陣だもんね」

「それなんだけどさ、初陣ってことは第二陣もあるってこと？」

「……そこまでは考えてなかった。受験もあるし、今日で解散？」

「終わってから考えるか」

　ギターケースを背負い直し、朝宮と屋上を出る。レモンティのファンとしては朝宮との活動はこれからも続けていきたいし、僕のつくった曲をもっと歌ってほしいとも思っていた。シャットインというユニット名は正直再考したいところだけれど。

　体育館は先ほどよりも混雑していて、用意してあったパイプ椅子はすべて埋まり、立ち見をしている生徒も多かった。きっとこのあとのＣＬＡＹ目当ての客だろう。文化祭のプログラムの表紙にも、ＣＬＡＹのメンバーたちのイラストが描かれているほど人気なのだから。

　ステージ上では奇術部のパフォーマンスが行われていて、技を決めるたびに客席から歓声が上がっていた。

「おせーよ、お前ら。どこ行ってたんだよ。ひと組キャンセルが出たから、お前ら十分いけるか？」

　ステージ横の準備室に入ると、藤代が気色ばんで僕たちを待ち構えていた。急な提案に、朝宮は救いを求めるように僕に目を向ける。たったの五分だけだと言い聞かせてきたのに、こんなに直前になって倍の時間ステージに立てと言われても、すぐには決断できなかった。

「どうする、朝宮。十分いける？」

　朝宮に問いかけると、彼女の顔は見る見るうちに色を失っていく。スカートの裾をぎゅっと摑み、なにか言いたそうに唇をわななかせたが、言葉が出てこない様子だ。

「あー、いや、できれば五分の方が助かるんだけど……」

「大丈夫。やろう、十分。二曲目に『止まらないラブソング』を挟めばちょうどいいと思う」

断ろうとした僕を遮り、朝宮が唐突に切り出した。頼もしい発言だったが、彼女の表情は今にも泣き出してしまいそうなほど弱々しく、頼りない。

「おっけ。じゃあそれでよろしく。本当は俺らが全部時間使おうと思ったんだけど、永戸たちがお前らに譲れってうるさくて。そろそろ時間だから、準備しろよ」

藤代は僕の肩を力強く叩くと、タイムテーブル表をひらひらさせて準備室を出ていった。

「本当に十分いけるの？」

朝宮の青ざめた顔を覗きこんで聞くと、彼女はぎこちない笑みを浮かべて頷いた。

「一曲増えるだけでしょ。全然いける……と思う」

「そっか。わかった」

ちょうどステージでは奇術部のパフォーマンスが終わったらしく、観客の声援と拍手の音が準備室にも届く。僕は背負っていたギターケースを床に下ろし、ギターを取り出して準備を整える。

僕と朝宮はステージ脇へ移動し、文化祭実行委員の合図を待った。ステージ上では奇術部の生徒たちが撤収作業を行っていて、ちらりと見えた客席は後ろの方まで埋まっていた。

隣の朝宮の顔を盗み見ると、彼女は目を瞑って深呼吸を繰り返している。実行委員の生徒がやってきて朝宮にマイクを渡すと、彼女はそれを握りしめて固まった。

「あれ、帽子は持ってこなかったの?」

視線対策として歌うときはいつもキャップを被っていたが、今は被っていなかった。

「うん、家に置いてきた。いつまでも帽子に頼ってたら克服できないから」

朝宮が震える声でそう言ったのと同時に、シャットインの名前がアナウンスされた。

「よし、行こう」

「……うん」

僕はステージの中央に進み、少し遅れて朝宮も続いた。客席から温かい拍手が僕たちを迎えてくれる。

ギターをアンプに繋ぎ終わると、ステージ中央に立った朝宮にスポットライトが当たる。客席は賑わっていて、そのすべての視線が僕と朝宮に向けられる。

朝宮は視線を下げ、胸の位置で両手でマイクをぎゅっと握りしめ、自分の足元をじっと見つめていた。

僕はギターのストラップを肩にかけ、もう一度朝宮に目を向ける。一瞬見えた彼女の表情は、恐怖に歪んでいた。

　この時間が長引けば、きっと朝宮の心は折れてしまう。そう判断した僕は、朝宮の曲紹介を飛ばして急いで一曲目のイントロを奏でる。勢いで歌ってしまえば乗り切れると思ったのだ。

　しかし朝宮は、イントロが終わっても歌い出さなかった。マイクを握りしめたまま、肩を震わせて立ち尽くしているだけだった。

「朝宮、どうした？」

　満員の客席を前にして、歌詞が飛んでしまったのかもしれない。一度演奏を中断して朝宮に呼びかける。僕の声は届かなかったのか、彼女は声を発することも振り向くこともしなかった。

「早く歌えよ！」

　客席から野次が飛んでくる。「シャットインー！」「お前ら付き合ってんの？」と、僕たちをいじるやつもいた。「頑張れ！」と朝宮を応援する言葉もあった。

けれど朝宮は完全に戦意喪失といった表情を浮かべていて、客席からの声も届いていないようだった。

　暑くもないのに、嫌な汗が流れて床に滴り落ちる。どうにかこの状況を打破しようと焦った僕は、何事もなかったようにもう一度イントロを弾いてみた。朝宮が歌ってくれることを願いながら。

しかし二回目も結果は同じだった。朝宮はマイクを口元に近づけて歌おうとはしていたが、声が出ないのか僕のギターの音だけが虚しく響く。この際、途中から歌い出してもいい。僕は中断せずにそのまま演奏を続けた。

だが僕のその行動が朝宮を追い詰めてしまったのか、彼女は客席に背を向けて走り出し、ステージ脇へと消えていった。

僕はステージ上に取り残され、なすすべもなく佇立(ちょりつ)することしかできない。途端に体育館がざわつきはじめる。僕の拙いギターテクニックだけで観客を魅了できるはずもなく、客席に向かって一礼してから朝宮のあとを追った。

準備室にはCLAYのメンバーたちが控えていて、朝宮は準備室の隅っこにしゃがみこんで丸くなっていた。呼吸は荒く、制服の胸元をぎゅっと摑んで苦しそうな様子だった。

「朝宮、大丈夫か」

「……ごめ、ん」

荒い呼吸のまま、朝宮は喉の奥から絞り出すように声を発した。もしかするとステージ上ではまともに呼吸ができていなかったのかもしれない。

「お前ら、やってくれたな。せっかく奇術部のやつらがステージを温めてくれたのに、台無しじゃんか」

藤代が苛立ちを見せながら僕たちを責め立てる。
「まあまあ」と永戸と西島が藤代を宥め、マイペースな川浦は最終確認をするように
ベースを弾いていた。
朝宮はもう一度僕に「ごめん」と深く頭を下げたあと、走って準備室を出ていった。
追いかけようとしたが永戸に肩を掴まれる。
「今はひとりにしてあげた方がいいんじゃない？」
彼はそう言い残し、メンバーたちとステージへ出ていく。次の瞬間には割れんばか
りの声援が響き渡り、体育館の雰囲気ががらりと変わった。
僕は準備室を出て、永戸には止められたけれど朝宮を捜しに校内を走り回った。し
かし彼女は帰ってしまったのか、どこを捜しても見つけられなかった。

文化祭の振り替え休日が終わり、二学期が本格的に始まった。九月の中旬にもなる
と朝晩はぐっと冷えこみ、北国の短い秋もいよいよ本番を迎える。
二日前に文化祭があったとは思えないほど、教室内の空気が一気に受験モードに切
り替わり、どこを見ても浮かれた生徒はひとりもいなかった。
朝宮は文化祭での失敗が尾を引いているのか、その週は一度も学校には来なかった。
僕は何度か連絡を入れたが、『ごめん』のひと言だけ返ってきたあとは既読すらつか

ない。

もやもやしたまま毎日を過ごし、文化祭が終わってから一週間後の月曜日。朝宮はようやく登校してきた。

声をかけても反応は薄く、ほかの生徒は登校してきた朝宮を冷ややかな目で見ていた。このクラスの生徒の中にも僕と朝宮の失態を見ていた人が何人かいたらしく、中には動画を撮った生徒もいたようで、その動画はクラス中に共有されていた。固まって動かない朝宮のモノマネをするやつがいて、僕が立ち上がりかけると、西島がそいつを止めてくれた。

ステージで成功すれば朝宮は視線恐怖症を克服し、クラスで人気者になれると思っていた。きっとそうなると信じて練習を続けてきたのに、現実は甘くなかった。僕が期待していたものとは真逆の結果。

朝宮のためになればと思ってやったことがすべて裏目に出て、彼女にかける言葉が見つからない。

放課後、ひとり寂しく教室を出ていく朝宮になにか声をかけようか迷って、結局彼女の背中をただ見送ることしかできなかった。

もしかすると僕は朝宮のためではなく、最初から自分のために行動していたのかもしれない。

千夏のことが忘れられず、家に引きこもってばかりで自堕落な生活を送っていた。そんなときにレモンティの存在を知り、永戸に協力を求めて朝宮がレモンティであると突き止めた。

視線恐怖症である朝宮の力になることで、僕は無理やり千夏を忘れようとしていたのかもしれない。なにかに夢中になれば忘れられるかもしれないと、千夏の言葉を信じて朝宮を無意識に利用した。

決してそんなつもりはなかったけれど、結果的に僕は朝宮を追い詰めてしまった。直前に出演時間が延びたときも、朝宮の気持ちを考えてしっかりと断るべきだった。

ステージ上でギターを弾いて彼女を急かすようなことまでしてしまった。朝宮の異変に気づいていたのだから、出演を取りやめればよかった。

僕がもう少し朝宮のことを考えていれば、こんなことにはならなかったはずだ。

その日から数日間、頭の中でそんなことばかり考えていた。朝宮ともほとんど話せないまま、九月も終わろうとしていた。


『ちゃんと学校行ってる？』

その日の夜、千夏にメッセージを送ると僕を心配するような返事が届いた。文化祭で失敗してからは、また以前のように千夏に縋る日々を過ごしていた。

気分転換に曲をつくろうとギターを爪弾いてみても、暗い曲ばかりできてしまい、気分まで暗くなって途中で投げ出してしまう。

千夏から届いた返事に、僕はまたどうでもいいことを送り返す。

『ちゃんと行ってるよ。最近は全然楽しくないけど。やっぱさ、人ってなにか目標がないとだめな生き物なのかもしれないね。ちょっと前までは文化祭のステージに立つために頑張ってたけど、今はなんにもやることがない。またつまらない毎日に逆戻りだよ』

文化祭を終えたクラスメイトたちは、次の目標である受験勉強に必死だけれど、僕はどうにも身が入らなかった。進路希望調査票には僕の学力で勉強しなくても入れるような大学を書いていたが、正直進学するべきかまだ悩んでいる。

永戸と西島は進学せず、メジャーデビューするために函館で音楽活動を続けるらしい。藤代と川浦は函館市内の同じ大学を受けて、ＣＬＡＹのバンド活動も継続すると聞いた。

それぞれ道はちがうけれど、メジャーデビューという最終的な目標は一緒で、四人は同じ方向に進んでいるのだ。

それに比べて僕は、将来の展望が一切なかった。朝宮はどうなのだろう。レモンティの活動を続けていけば、いつか日の目を見る日が来るかもしれない。投稿頻度を上げてＳＮＳもうまく活用すれば、登録者数はさらに増えるにちがいない。彼女の才能があれば、音楽で成功したっておかしくないだろう。

　でも、このままではその可能性すらも潰えてしまう。もうシャットインの活動は終わったのだから、僕が心配するのは余計なお世話かもしれないけれど。

『知ってる？　月って毎年三センチくらい地球から遠ざかってるらしいよ。ってことは、何万年後かには地球から月が綺麗に見えなくなっちゃうのかな』

　千夏からは、またしても嚙み合わない内容が届いて脱力する。

『今も千夏が生きてたら、なにか変わってたのかな。このつまらない高校生活も、全然ちがうものになってたのかな。もうどうしたらいいかわかんないよ』

　――もしも千夏が生きていたら。

　彼女が死んでから、何百回同じことを考えただろう。千夏がいたら僕が不登校になることはなかっただろうし、こんな空虚なアカウントに縋ることもなかった。

　朝宮も千夏と友達になっていれば、視線恐怖症を克服できていたかもしれない。僕にはできなかったことが、千夏には簡単にできていたにちがいなかった。

『困ってる人がいたら、手を差し伸べて助けなきゃだめだよ。翼はそれができる人だとわたしは思ってる』

　そんなことを考えているところに、以前と同じ内容が届いた。千夏が設定した返信内容はおそらく百パターン程度で、こうやって同じものが届くことは珍しくない。

そういえば千夏のこのメッセージがあったから、僕は朝宮とステージに立つことになったのだった。あのタイミングで送られてきたのはただの偶然にすぎないが、千夏の言葉に背中を押されて朝宮に手を差し伸べたのだ。

『困ってる人はいたけど、僕には助けられなかったよ』

情けなくもそう返信すると、千夏から呑気なメッセージが返ってくる。

『駅前でやってた路上ライブ、また見にいきたいなぁ』

千夏と最後に見たあの路上ライブは、僕もよく覚えていた。外出許可を得て、病院に戻る前に函館駅前広場の花壇のそばで、ひとりの女性がギターを弾きながら歌っていたのだ。

『あの路上ライブ、よかったよね』

そう送り返すと、千夏はまたよくわからない返事を送ってきて、僕はそれを見てひとりで笑った。

「路上ライブかぁ」

画面を閉じて懐かしさに浸りながら呟くと、はっと妙案が浮かんだ。

「朝宮、ちょっといい？」

翌日の放課後、チャイムが鳴ると同時に誰よりも先に教室を出た朝宮を呼び止めた。彼女は僕を振り返り、「なに？」と俯きがちに聞き返す。

「話したいことがあるんだけど、今日このあと時間ある？」

「……うん、あるけど」

「よかった。じゃあついてきて」

朝宮と一緒に校門を出て、下校する生徒の姿が減ってきたところでふたり乗りをして自転車を走らせた。

そのまま平坦な道を十分ほど進むと、海岸に面した小さな公園が見えてくる。公園といっても園内に遊具はひとつもなく、あるのはベンチと東屋、それから遠くに見える函館山に背を向けた石川啄木の座像。

公園から続く階段を下りると、目の前には津軽海峡が広がっている。石川啄木が函館滞在中に好んで散策したと言われる大森浜（おおもりはま）。天気がいい日は、海の遥か奥に薄らと青森県の津軽半島が見えるのだ。

「話ってなに？　わざわざ海に来るなんて、よっぽど大事な話なの？」

園内のベンチに並んで腰掛けると、朝宮がさっそく切り出した。空き教室やカフェで話すことも考えたが、朝宮が人目を気にするかもしれないと思ってここへやってきた。文化祭の失敗があってから、その辺は以前より気を遣うようになった。

「うん。今から大事な話をするから、よく聞いてほしい」

朝宮の目を見つめて伝えると、彼女は僕を一瞥してすぐに海へと視線を向けた。

「もったいぶらなくていいから、早く言って」

「わかった」

僕は一度深く息を吐き出してから、海に視線を投げて朝宮に告げる。

「もう一度、挑戦してみないかなと思って」

「……挑戦?」

「うん。もう一度人前に出て、今度こそ歌ってみない? 前回よりももっと準備をして、次はうまくいくように、僕も協力するから」

そう伝えてから朝宮の顔を窺うと、彼女は目を伏せて小さくため息をついた。

「……無理だよ。また迷惑かけちゃうと思うし、文化祭のときみたいに逃げ出すかもしれないし」

「それはやってみなきゃわからないし、無理だったら逃げてもいい。できるまで何度でも挑戦すればいいと思ってるから、やってみない?」

「簡単に言わないでよ。それに人前で歌うって、どこで歌うつもりなの?」

「函館駅前広場。たまにあそこで路上ライブやってる人がいるんだけど、どうかな。文化祭のときは皆が朝宮を見てたから、プレッシャーがすごかったんだと思う。でも路上ライブなら、わざわざ足を止めて見る人なんてそんなに多くないと思うから、頑張ればいけるんじゃないかな」

昨晩千夏から届いたメッセージに奮起して、僕自身ももう一度朝宮となにかしてみたいと思い立ったのだ。

このままなにもせずにいたら文化祭の経験が無駄になるし、せっかく練習もしてきたのだから諦めたくない。なにより、以前のように塞ぎこんでしまった朝宮を放ってはおけなかった。

もとは僕が朝宮を誘ったのだから最後までやり通したいし、なにも成し遂げずに終わりたくはなかった。

押し黙る朝宮に、僕はさらに続ける。

「視線恐怖症の朝宮がステージに立てただけでもすごいことだと思う。歌えなかったのは僕の責任でもある。あれは克服するための第一歩だったんだよ、きっと。だから、次こそは……」

「無理だってば……」

僕の言葉を遮るように、彼女は嘆いた。眉尻を下げ、今にも泣いてしまいそうな表情で足元に視線を落としている。

「無理かどうかは、やってみないとわからないよ。実際にステージに立てたじゃん。

だから、もう一度だけ……」

「ステージに立つだけなら誰にだってできるよ。染野くんが言うほどすごいことでもないから」

「でも朝宮は、本当は歌いたいと思ってるんだよね。高校の制服を着て動画を撮ったのも、学校でレモンティを飲んでたのも、本当は誰かに気づいてほしかったんじゃないの？　人前に出て、歌いたかったんじゃないの？」

「私はただ……」

朝宮はそこで言葉を止め、立ち上がって僕を睨みつけるように見た。しかし続く言葉は出てこないようで、再びベンチに腰を下ろして両手で顔を覆い、「無理だよ」と呟いて泣き出してしまった。

僕はどうしていいかわからずに彼女を慰める言葉を探したが、結局見つからずに彼女が泣きやむのを待つことしかできなかった。

もし千夏が天国から見ていたら、きっと今頃僕に失望していることだろう。

──どうして女の子を泣かせているの？　どうして慰めてあげないの？

そんな声が風に乗って聞こえたような気がした。

「……前に朝宮、僕になんで不登校だったのか聞いてきたことあったよね。実はあれ、元カノと別れたことがショックで、塞ぎこんでたんだ」

とっさに口を衝いて出たのは、慰めの言葉ではなく、腑抜けた自分語りだった。朝宮とスタジオで練習をしていたときに、僕が三年に進級して一ヶ月間休んでいた理由を聞かれ、そのときはお茶を濁して答えなかった。

死別したことは伏せて、まだ泣きやまない朝宮に語りかけるように続ける。

「あの頃は毎日死んだように生きてるだけだった。なんにもやる気がしなくて、寝て起きての繰り返しで。でもそんなときにレモンティの動画のことを知って、もしかしたらうちの高校にいるかもしれないって聞いてから、どうしても会ってみたくて家を出たんだ。朝宮の歌に励まされたから」

返ってくるのは波のさざめきだけで、僕の放った声は波にさらわれ虚しく消えていく。朝宮は下唇をぐっと噛みしめて、なにかを堪えているようにも見えた。

「朝宮の歌声がとにかく好きなんだ。誰よりも近くで聴きたいし、もっとたくさんの人に知ってほしくて。それに僕は朝宮のおかげで前を向いて生きられるようになったから、感謝してる。だから、僕も朝宮の力になりたいと思った。ただそれだけのことだよ」

朝宮に伝えたかったことは、しっかりと伝えた。あとは朝宮の返事を待つだけだ。彼女がもう一度立ち上がろうとするなら、僕はその手を取って一緒に進んでいきたい。彼女が首を横に振るのなら、僕にできることはここまでだ。

「……私の歌の、なにがよかったの？」

朝宮は俯いたまま、声を震わせて僕に問いかける。僕は彼女に、正直な気持ちを伝える。

「ただうまいだけじゃなくて、聞き手の心の深い部分にまで届くというか、朝宮の歌には、そういう力があると思った」

「……私の歌に、そんな力ないよ」

「あるよ。朝宮の歌に何度も救われたし、動画のコメント欄にも同じこと書いてる人いたじゃん」

朝宮の歌に励まされたのは僕だけではない。レモンティの動画のコメント欄には、朝宮の歌を聴いて癒やされた人や、僕のように救われた人がたくさんいたのだ。

彼女の歌は、もっと多くの人に届けるべきだと常々思っていた。

「朝宮の歌声がさ、元カノの歌声にそっくりだったことにも驚いた。文化祭で歌う予定だったあの曲も、実は元カノのためにつくった曲だったんだ」

「えっ」と朝宮は僕に顔を向ける。その表情は次第に曇っていき、やがて彼女は失望したようにため息をついた。僕はすぐに自分の失言に気づいた。

「……そっか。だから最初から私に優しかったんだ。元カノと声が似てるから、それで私に歌ってほしかったんだ。本当は元カノとステージに立ちたかったけど、私で我慢してたんだ」

「いや、そうじゃなくて。たしかに最初はそうだったんだけど、でも今は……」

「聞きたくない。いつまでも未練たらたらで情けないし、ほんとに気分悪い。私じゃなくて、元カノに頭下げて一緒に路上ライブすればいいじゃん」

朝宮は顔をしかめて言い募る。そうしたいのは山々だけれど、僕の言葉はもう千夏には届かない。

「まだ好きなんだ、元カノのこと」

「……うん、まあ」

しばしの沈黙のあと、朝宮は立ち上がって僕を見ずに告げた。

「私、帰る」

「……送ってくよ」

「大丈夫。ちょっと歩きたいから、ひとりで帰る」

朝宮は鞄を肩にかけ、僕に背を向けて公園を出ていく。

僕はしばらくベンチに腰掛けたまま、ぼんやりと海を眺めた。朝宮に千夏のことを話すべきかずっと迷っていて、結局中途半端に伝えたせいで彼女を怒らせてしまった。

朝宮の言うように、たしかに最初は千夏の代わりに歌ってくれたらと思っていたが、今は純粋に朝宮と一緒にこの曲を披露したいという思いが強かった。

朝宮にあとで謝罪のメッセージを送らなくては。誤解を招くような言い方をしてしまったのだから、彼女が怒るのはもっともだった。

その前にポケットの中の携帯を手に取り、千夏にメッセージを送る。

『友達と路上ライブしようと思ったんだけど、だめだった。最近はなにをやってもうまくいかない。どうしたらいいいかな』

救いを求めるように送ると、すぐに返事が届く。

『あなたの明日の運勢は……なんと大吉です！　明日はなにをやってもうまくいく無敵モード。新しいことを始めるのもいいでしょう。ラッキーアイテムはギターです！家を出るときはギターを持って出かけましょう！』

今は大凶の方がしっくりくるのにな、と思いながらも、千夏のメッセージに少しだけ救われたような気がした。

第五章

真実

染野くんに呼び出されて想定外の言葉を次々と投げかけられ、恥ずかしいやらむかつくやらいろんな感情が押し寄せて、私は話を途中で切り上げ、公園を出てしまった。自宅まで徒歩で一時間近くかかるけれど、イヤホンを挿して音楽を流せば、苦じゃない。携帯の中にダウンロードしている数百とある曲の中から適当に再生すると、偶然にも失恋ソングが流れて私は泣きながら家まで歩いた。

『今日はごめん。朝宮と一緒にステージに立とうと思ったのは、僕も変わりたかったからなんだ。それにひとりで悩んでる朝宮を放っておけなかったし、朝宮の歌をもっとたくさんの人に届けたいって気持ちもあった。元カノのこととは関係なく、もう一度朝宮と挑戦してみたい。元カノにつくった曲はやめて、別の曲で駅前の花壇のそばで路上ライブしよう。せっかく頑張ってきたんだから、やってみようよ』

その日の夜に染野くんからメッセージが届いた。何度も文面を読み返して、どう返事を送ろうか熟考した。

しかし、結局返事を送れないまま朝がやってきて、またつまらない一日が始まる。

教室で染野くんと顔を合わせるのが気まずくて、その日は学校を休んだ。以前もそうしていたように、部屋で好きな音楽をかけて一日をやり過ごすことにした。

レモンティのチャンネルでは次の更新を待ってくれている人もいるけれど、動画を撮る気にはなれなかった。

　音楽を流しながら、携帯を手に取ってここ数ヶ月間で撮った写真たちを眺める。これまでほとんど写真を撮る機会がなかったのに、染野くんと知り合ってからは写真アプリの中身が格段に増えていった。

　サウンド速水の貸しスタジオでギターを弾く染野くん。

　ライブハウスの、眩い照明に照らされた華やかなステージ。

　ラッキーピエロのチャイニーズチキンバーガーと、ＣＬＡＹのメンバーたち。

　ベイエリアの、ライトアップされた赤レンガ倉庫。

　漆黒の夜空に打ち上がる、綺麗な花火。

　文化祭での私たちのクラスの賑やかな新撰組カフェ。

　五稜郭タワーから見下ろした星形の公園と、土方歳三のブロンズ像と一緒に写るギターを背負った染野くん。

「……なまら青春してるじゃん、私」

　数々の写真たちを眺めながら、ぽつりとひとりごちる。まるで一軍女子の携帯に保存されているような写真ばかりが、私の携帯の中にあった。

　まさか私が高校三年の夏にしてようやく青春じみたことをするなんて、夢にも思わなかった。このままなにもせずに高校を卒業して、大人になっていくものだと思っていたのに。

視線恐怖症のせいで、華々しい高校生活を送ることは入学当初から諦めていた。それなのに私は少し前まで、充実した毎日を送れていたのだ。

どれもこれも、染野くんのおかげだった。彼が私を連れ出してくれたから、ここ数ヶ月間は夢見ていたような女子高生らしい毎日を過ごすことができた。

染野くんには無理だと断りを入れたけれど、本当にこれで終わっていいのだろうかと、再び私は頭を悩ませる。

文化祭のステージに立つという目標に向かって頑張ってきたのに、ここで諦めてしまうときっとそのすべてが嫌な思い出として残り、この先も私を苦しめることは目に見えていた。

ステージで歌わずに逃げたという事実が、楽しかった日々を上書きしてしまうことがたまらなく嫌だった。

あの日ステージに立ったとき、見えたのは客席の生徒たちではなく、中学のとき教室の窓から私を見下ろす無数の視線だった。激しい雨が降りしきる中、机を抱えて校庭のど真ん中にいる私を蔑むように見下ろす、生徒たちの視線。

その瞬間に頭が真っ白になった。あの場にいるはずのない、私をいじめていた川瀬さんの声が聞こえたような気すらした。

周囲の声も、染野くんのギターの音もまともに聞こえなくなって、呼吸すらままならず、気づけば舞台裏に走り出していた。

　できないことは、最初からするべきではなかった。私のことは私が一番よく知っているのだから、こうなることは事前に予見できたはずだった。そうなる前に、どうして手を打たなかったのだろう。きっと路上ライブをやっても同じ結果になるだけだ。

　携帯から流れる音楽を止め、昨日染野くんから届いたメッセージに返信を打つ。

『やっぱり私には無理です。また逃げ出しちゃうだろうし、人前で歌うなんてできないと思う。私は画面の奥で、顔を出さずにひとりで地味に歌う方が合ってるんだよ。染野くんにはいろいろ感謝してるけど、もう私には関わらないで』

　何度も書き直し、時間をかけてつくったその文章は、結局何時間経っても染野くんに送れなかった。


　土曜日、私は雨降りの中サウンド速水へ向かった。

　十月に入り、本州では大型の台風が上陸したと連日ニュース番組で報道されていたけれど、今回も北海道に上陸する前に温帯低気圧に変わった。

　染野くんと教室で顔を合わせることはあっても、ひと言も言葉を交わさずに逃げていた。染野くんが私になにか声をかけようとしても、イヤホンを挿したりそっぽを向いたりしてうまくやり過ごしている。メッセージも結局送れないまま、既読無視していた。

「お、朝宮さん久しぶり。土曜日なのに天気悪いから朝宮さんが今日ひとり目のお客さんだよ」

サウンド速水に入店すると、ベースの手入れをしながら修司さんが苦い顔をして言った。

「こんにちは。でも台風消えてよかったですね。ちょっとギター見てもいいですか？」

「どうぞ～、ごゆっくり」

一礼してから壁に展示されているギターを眺めていく。私の使っているギターはおじいちゃんが昔使っていたもので、ついにまともに音が鳴らなくなってしまったのだ。ブリッジが剝がれ、ボディトップも湾曲してしまい、きっと修理をしても高額になるだろうとこの機会に新しいものを買おうと思い立った。

チャンネル登録者が増えて再生回数もそこそこ増え、割と早い段階で収益化できていたので、少しいいギターを買えるくらいにはお金が貯まっていた。

新しいギターの紹介動画なんかも撮れたらいいなと考えながら、一本一本じっくりと吟味していく。

「そういえば、染野くん、文化祭のことですごく落ちこんでたよ。全部自分の責任だって」

「えっ」

修司さんの言葉に、摑んでいたギターを落としそうになった。

「あんなに落ちこんでる染野くん、久しぶりに見た。最近はすごく楽しそうだったのに、絵に描いたような落ちこみっぷりだったよ」

修司さんはベースの弦を指で弾きながら、困ったように眉尻を下げて笑う。

店内の中央にある椅子に腰掛けて、項垂れながら修司さんに話を聞いてもらっている染野くんの姿がありありと想像できた。

「染野くんに聞いたよ。路上ライブも楽しいから、ふたりでやってみたらいいのになぁ」

「修司さんは路上ライブ、やったことあるんですか？」

「若い頃に何度かね。人気なかったから全然人が集まらなかったけど」

今度は自嘲気味に笑う修司さん。その柔らかな表情を見ていると、染野くんが彼に話を聞いてもらいたくなる理由がよくわかる。

「やってみたいって気持ちはあるんですけど、でも……」

「自信がないって？」

「……はい」

「最初は皆そんなもんだよ。俺も初めて路上ライブをしたときはやっぱり怖かったし、失敗したらどうしようって何度も思った。でも経験を積めば慣れるし、やってみたら案外大したことないなって思うよ」

「……そういうものですか」

手にしていたギターを元の位置に戻し、力なく呟く。視線恐怖症とは関係なく、誰でも人前で歌うことはやっぱり勇気がいることなのだ。私だけが普通の人とはちがうのだと思いこんでいたけれど、修司さんも最初は私と同じだったんだ。

私はただ、自分の病気を理由に逃げているだけだ。あの日ステージ上で見えた光景も、私の弱気な心がつくり出しただけの、ただの幻にすぎない。でも、だからといって次は絶対にうまくいくとも限らない。

やっぱり私は、表舞台に立って輝いている人を遠くから眺めているだけでいい。私のような人間が、表に出るべきではないのだ。

「たぶんだけど、染野くんは自分のために朝宮さんとステージに立ちたかったんじゃなくて、朝宮さんが自分と重なって見えて、それで誘ったんじゃないかな」

「私と染野くんが？」

「うん。朝宮さんも長いこと学校に行けなかった時期あったでしょ。それを知って、放っておけなかったんじゃないかな。自分と似てると思って」

　修司さんはしんみりとした口調で言う。

　たしかにそうだった。私たちは引きこもり同盟で、ふたりでシャットインなのだった。私たちは似た者同士で、だから私は彼に心を開いたのかもしれない。

　その気持ちに応えられない自分が嫌になった。

　店内には先ほどから、ロック色の濃いギターのＢＧＭが流れている。新しいギターを買うつもりだったけれど、日を改めよう。しばらく音楽から離れてみるのもいいかもしれない。もしかするとこのタイミングでギターが壊れたのも、そういうことなのかもしれなかった。

　店を出ようと踵を返したとき、先ほどの修司さんの言葉をふと思い出し、興味本位で訊ねてみた。

「あの、染野くんが落ちこんだの久しぶりって言ってましたけど、前のときってもしかして、染野くんが元カノと別れたときのことですか？」

　修司さんはベースから私に目を向け、「あー、うん。まあ、そうだね」と戸惑いながら答えた。

「どんな人なんですか、その人」

「あー、えっと、明るくていい子だったよ、うん」

わかりやすく動揺する修司さんを見て、私は首を捻る。歯切れが悪く、先ほどとは明らかに態度がちがう。

「どうして過去形なんですか？　もしかしてその人、もうこの街にはいないんですか？　引っ越しちゃって遠距離になったから別れたとか……」

「えっと……あ！　今日までに修理しないといけないギターがあるんだった。ごめん、その話はまた今度で」

修司さんは慌てたように店の奥へと消えていった。

怪しい、と呟くと店の扉が開いた。後ろを振り返ると、ちょうど入店してきた永戸くんの姿があった。差していた傘をたたみ、「あれ、朝宮ちゃんじゃん」と彼は目を丸くした。

「ねえ、永戸くんって染野くんの元カノのこと知ってる？」

俯きがちに聞いてみると、永戸くんの表情も修司さんのようにわかりやすく動揺の色に変わる。

「あ、そろそろバイトに行かなくちゃ」

腕時計なんかしていないのに、なにも巻かれていない手首を見て彼は嘘をつく。

「永戸くん、バイトしてないでしょ。ちょっと付き合って」

私が強い口調で言うと、彼は観念したように私と一緒に店の外に出た。

「それで、なにが知りたいの？」

テーブルを挟んだ斜向かいの席から、永戸くんが気まずそうに聞いてきた。彼とサウンド速水を出て、雨が降っていたので近くにあったカフェに入った。

永戸くんはいつも相手の目を凝視しながら話すタイプの人で、正直苦手だった。

私は注文したホットのレモンティに口をつけてから、彼に訊ねる。

「染野くんの元カノのこと。文化祭で歌う予定だった曲も、元カノのためにつくった曲だって聞いた。よくわかんないけど、そんなに引きずってるんだね、元カノのこと」

恋人ができたことのない私には、染野くんの気持ちがはっきりとはわからない。でも、なんとなく想像はできる。ドラマやアニメで得た程度の浅い知識しか持ち合わせていないけれど、そのくらいは私にだってわかる。

「死んだんだよ」

カップを摑んだ手がぴたりと止まる。そこで私は、カフェに入店してから初めて永戸くんの顔に視線を向けた。決して冗談を言っているような表情には見えなかった。

「……え？」

「染野のやつ、朝宮ちゃんに言ってなかったのかよ。そういう大事なことは自分から言えよなぁ」

心底うんざりしたように彼は吐き捨てる。カップを持つ手が震えそうになって、一度テーブルに置いた。

「ちょうど去年の今頃だったかな。病気でずっと入院しててさ、染野を残して死んだんだ。それからだよ、あいつが不登校になったのも、音楽をやめたのも」

いつも相手の目を見て話す永戸くんが、珍しく視線を下げて話している。彼の普段とはちがうその素振りから、やはり嘘ではないのだと直感で悟った。

「でもさ、あいつ、朝宮ちゃんのおかげでまた学校に来れるようになったし、昔のように笑えるようになったからさ、これからも染野と仲良くしてやってほしい。あいつがあんなに楽しそうにギターを弾いてる顔、久しぶりに見たよ。一ノ瀬が死んでから本当にゾンビみたいになってたから」

そこでようやく彼は私の顔を見て、寂しそうに笑った。まさか染野くんが、そんなに悲しい過去を背負っていたなんて考えたこともなかった。

——いつまでも未練たらたらで情けないし、ほんとに気分悪い。私じゃなくて、元カノに頭下げて一緒に路上ライブすればいいじゃん。

この前彼にぶつけた言葉が脳裏に蘇り、過去の自分の愚かな発言を酷く後悔した。

知らなかったとはいえ、軽々しく口にしていい言葉ではなかった。私は一時の感情に流されて彼を傷つけてしまったのだ。

なんてことをしてしまったのだろう。胸の奥が、ずきずきと痛む。

両手で顔を覆い、テーブルにごつんと額を強く打ちつける。

「え、どうしたの。けっこうでかい音したけど」

永戸くんの狼狽する声が届く。痛む額を押さえながら顔を上げ、染野くんと海が見える公園で話したことを彼にすべて打ち明けた。

「……いや、それは染野が悪いよ。ちゃんと話さなかったあいつが悪い。しかも、朝宮ちゃんが言ってることは正しいよ。いつまで引きずってんだってな。あいつ、一ノ瀬が残したメッセージアプリの公式アカウントに今でもメッセージ送り続けてるんだから」

「公式アカウント？」

「芸能人とか企業がよくつくってるじゃん。宣伝目的のやつ。あれ、個人でもつくれるんだけどさ、一ノ瀬は自分が死んだあと、染野が前を向いて生きていけるようにそれを残したんだ」

永戸くんの話によると、染野くんの元カノ——一ノ瀬さんは染野くんのためにたくさんのメッセージをそこに残し、染野くんを励まし続けているらしい。

「そこまでやるか？　普通。今は呆れるを通り越して尊敬してる。しかも一ノ瀬のやつ、染野がつくった『止まらないラブソング』って曲をいろんな歌い手のチャンネルに『カバーしてほしいです』ってコメントを残してさ。それで運よく有名な歌い手がカバーしてくれてバズったんだよ」

すごいよなぁ、と感心したように呟きながら彼は注文したコーラを喉に流しこむ。

そのコメントは、私の動画にも何回か書きこまれていたのを覚えている。いつも同じ人が、止まらないラブソングを歌ってほしいと私にリクエストしていたのだ。まさかあのコメントが、染野くんの元カノが書いたものだったとは。

好きな人のためにそこまでできるなんて、とても素敵なことだと思った。

「いい意味で馬鹿だよな、あいつらふたりとも。だから放っとけないし、好きなんだよなぁ」

そろそろ出るか、と彼は席を立つ。

店を出てからバス停まで歩く。雨はすでにやんでいて、今は風も穏やかだった。

「永戸くんもなんだかんだ言いながら、染野くんのこと気にかけてたんだね」

「ああ、それも一ノ瀬に頼まれてたから。もし染野が不登校になったら、学校に行けるようになるまで何度も誘い続けてって」

「……そうなんだ。一ノ瀬さん、本当に染野くんのことが好きだったんだ」

染野くんは幸せ者だ。恋人や親友が彼のことを思い、それぞれのやり方で彼を励まそうとしていたのだから。染野くんの穏やかな人柄がそうさせているのかもしれない。困っていたら手を差し伸べたくなるような、そんな頼りなさも彼は持ち合わせていた。

バス停に着くと、すぐにバスがやってきた。永戸くんはサウンド速水に戻ると言う。

「ごめんね、せっかく楽器を見に来たのに時間取らせちゃって」

「いや、全然。さっきも言ったけど、朝宮ちゃんさえよかったら、これからもあいつと仲良くしてあげて。路上ライブのことは気にしなくていいからさ」

「うん、わかった」

バスに乗車する前に、私は永戸くんに気になっていたことを訊ねてみた。

「ちなみになんだけど、一ノ瀬さんの下の名前ってなんていうの？」

「ん？　千夏だよ。一ノ瀬千夏」

「そっか。ありがと」

ステップを駆け上がり、後方の座席に腰掛ける。一ノ瀬という名字を聞いてから、ずっと引っかかっていたのだ。

高校一年のとき、私のクラスに一ヶ月間だけ在籍していた女子生徒がいて、その子の名前が一ノ瀬千夏だった。

高校に入学してから二週間が過ぎた頃、クラスでは徐々にグループができあがっていく中、私は誰とも馴染めなくて孤立していた。

そんなときに私に優しく声をかけてくれたのが彼女だった。

「朝宮さん、だったよね。よかったらわたしたちと一緒にお弁当食べない？」

昼休み、自分の席でひとり寂しく弁当のおかずを食べていると、一ノ瀬さんが私を誘ってくれた。彼女はふたりの女子生徒と一緒で、ほかのふたりはきっと私を快く思っていないだろうと断ってしまった。

それなのに一ノ瀬さんは、その後も事あるごとに私のことを気にかけてくれた。

「その鞄についてるキーホルダーって、レッドストーンズでしょ。ライブでしか手に入らないやつ。わたしも同じの持ってる」

昼休みに自分の席に座って呆けていると、一ノ瀬さんは積極的に私に話しかけてくれた。人見知りで視線が怖い私は、うまく受け答えができずにあまりいい反応を返せなかったけれど、それでも彼女はめげずに私に絡んでくるのだった。

「二人一組になってください」

体育の授業で準備体操をするとき、ひとり余っていた私の手を取ってくれたのも一ノ瀬さんだった。彼女はいつも見学していたのに、準備体操のときだけ私が恥をかかないように参加してくれたのだ。

「一ノ瀬さんは、どうして私に話しかけてくれたの？」

体育の授業が終わって教室に戻る廊下で、私は一ノ瀬さんに問いかけた。一ノ瀬さんみたいな明るくてクラスの誰からも好かれるような生徒が、地味で根暗な私と仲良くしてもなんの得もない気がしたから。

きっと彼女は、私がクラスで孤立していてかわいそうだったから、と答えるのかと思っていたけれど、一ノ瀬さんは迷うことなく即答した。

「鞄のキーホルダーを見て、音楽の趣味が合うと思ったから。知ってる？　音楽って、人と人を繋いでくれるんだよ」

そのときの一ノ瀬さんの眩しい笑顔を、今でもよく覚えている。彼女の口ぶりから、きっと音楽を通じて素敵な出会いがあったのだろうと私は思った。

そんな優しい一ノ瀬さんが私の前から姿を消したのは、ゴールデンウィークが明けて数日が経った頃。同じクラスの生徒は彼女のことを五月病に罹(かか)ったのだと揶揄(やゆ)していたけれど、結局その後は一度も登校してくることはなかった。

そのうちクラスの皆は一ノ瀬さんのことを忘れ、私もついさっきまですっかり彼女のことを忘れていた。

一ノ瀬さんが姿を消した理由が、永戸くんの話を聞いてやっと繋がった。思い返してみると、彼女はよく咳きこんでいたり、顔色が悪かったりとその兆候はたしかにあった。

でもまさか、重い病気で亡くなっていたなんて、私を含めクラスの誰もが想像もしていなかっただろう。

自分の部屋に着いてから、私は机の中に入れていたA4サイズのコピー用紙を手に取った。それは染野くんが持っている歌詞ノートの一部をコピーしたもので、彼が私に歌詞を覚えてもらうためにくれたものだった。

染野くんが一ノ瀬さんのためにつくった曲。歌詞の一部には斜線が引かれていて、愛の言葉に書き換えられている。

染野くんが書いた歌詞を改めて読み返してみると、胸の奥がぎゅっと摑まれたみたいに痛み出した。染野くんはもうすぐ死んでしまう彼女のために、どんな思いでこの曲をつくったのだろう。

イヤホンを携帯に繫ぎ、レモンティの最新の動画を再生する。最新の動画がまさにこの曲だった。

穏やかなイントロが流れる。初めてこの曲を聴いたときと歌詞の解釈ががらりと変わった。切ないラブソングであることは変わりないけれど、主人公の後悔や葛藤、先の見えない不安など、ストレートな歌詞の裏に、そんな感情が見え隠れするような迷いも感じられる。

けれど歌詞の一部が書き換えられているおかげで、真っ直ぐなラブソングと言えなくもない。

初めて会った日のことや喧嘩をした日のこと。夏の日にふたりで見た空のことなど、様々な思い出が歌詞にこめられている。色彩に溢れたその曲は、私の頭の中で次々と風景を移り変わらせていく。

気がつくと私は、曲を聴きながら涙を流していた。

こんなにも切ない曲があるのかと。

自分がカバーした曲を聴いて涙するのは初めてのことだった。

曲を聴き終わると、私はすぐに染野くんにメッセージを送った。

『明日、会える？　話がしたい』

すぐに既読がつき、返事が届いた。


翌日の午後、染野くんと待ち合わせたカフェで落ち合い、注文したホットレモンティが届く前に私は前のめりになって切り出した。

「やろう、路上ライブ」

短く告げると、染野くんは意表を突かれたように目を丸くして「えっ」と小さく声を漏らした。そこで初めて染野くんの目を長く見た。

「あんなに嫌がってたのに、大丈夫なの？」

「うん、大丈夫。せっかくふたりで頑張ってきたんだから、やっぱりやってみたい」

「そっか。じゃあ、やろうか」

それぞれ注文したものが届き、私は輪切りのレモンが浮かんでいるホットレモンティに口をつける。爽やかで上品な香りが鼻から抜けていく。程よい酸味とほろ苦さが口の中に広がっていき、心が安らいでいく。

「路上ライブ、どうしてやろうと思ったの？」

染野くんは私の目をじっと見つめて、不思議そうに聞いてくる。あんなに頑なに断っていたのだから、彼が不思議に思うのも無理はない。

「……全部、染野くんの言うとおりだったから。私、誰かに気づいてほしくて制服を着て動画を撮ったし、教室でレモンティを飲んでたのもそれが理由。一度でいいから、大勢の前で歌ってみたかった。私の歌を、もっとたくさんの人に届けたいと思ったからだよ」

私が言ったことはたしかに理由のひとつだけど、本当はそれだけではなかった。

文化祭のとき、染野くんは私のために奔走してくれた。視線恐怖症を克服するために一緒に悩んでくれたり、ナーバスになっていた私を気遣い、気分転換に連れ出してくれたりと、彼には感謝してもしきれない。

だから、今度は私が彼の力になりたいと思った。恋人を亡くし、今もなお悲しみに暮れている彼の心を救いたいと。

染野くんも以前、変わりたいと話していた。私と一緒にステージに立つという目標を定めて、達成するべく奮闘していた。

そうすることで染野くんの中でなにが変わるのかわからないけれど、彼も変わるきっかけがほしかったのかもしれない。なにかをすると決めて目標を立てると、人はそれだけで前を向いて生きていけるものだから。染野くんが一ノ瀬さんのためにつくった曲を、私がふたりのために歌いたいという思いも芽生えていた。

「今度こそ成功させよう」

染野くんはぎゅっと握った拳を私に突き出した。

「うん。シャットインの初陣は失敗しちゃったけど、次は絶対に逃げないから。よろしく」

染野くんの拳に自分の拳を突き合わせて、私たちは路上ライブの成功を誓い合った。

第六章

ふたりの空

朝宮と話し合った結果、路上ライブは二週間後の金曜日の午後五時頃に決行することに決まった。せっかくなら人が集まりそうな休日の午後にしないかと提案したのだが、朝宮がどうしてもその日がいいと譲らなかった。

彼女の中でどんな心境の変化があったのかわからないけれど、頑なに断っていた朝宮が路上ライブをしたいと自ら申し出るなんて、彼女の強い覚悟を肌で感じた。

朝宮がもう一度挑戦したいと言うのであれば、僕に断る理由はない。

その日は偶然にも、千夏の命日でもあった。朝宮は知らないはずなので、彼女がその日を選んだことにも驚いた。

朝宮はレモンティのチャンネルで函館駅前で路上ライブをすると告知したらしく、その告知を見たうちの学校の生徒が騒ぎ立て、僕のクラスでも話題になっていた。

コメント欄には『絶対に行きます！』『函館遠いです。東京でやってください』などと書きこまれ、朝宮は一件一件にしっかりと返事をしていた。

「告知なんかしちゃって大丈夫なの？」

放課後、今日も自転車で登校してきた朝宮と並走しながらサウンド速水の貸しスタジオへ向かい、信号待ちのタイミングで朝宮に問いかけた。

「大丈夫。そうやって自分を追いこんで、逃げ道を塞ぐために告知したの。これでもう、やるしかなくなったね」

「そんなに自分を追い詰めなくたっていいのに」

「このくらいはやらないと。それに、事前に告知しておけば多少は人が集まるかなと思って」

やるからにはたくさんの人の前で歌いたいから、と朝宮は付け足した。以前の朝宮であったなら、そんな頼もしい言葉は出なかっただろう。彼女の本気が窺える。

サウンド速水に到着すると、今日も修司さんが笑顔で迎えてくれた。

「お、いらっしゃい。そういえば永戸くんから聞いたよ。ふたりで路上ライブやるんだってね。永戸くんが動画撮って送ってくれるみたいだから楽しみにしてる」

「絶対成功させるんで、期待しててください」

永戸はＣＬＡＹのメンバーを引き連れて来てくれるらしい。それだけでなく、バンド仲間や同じクラスのやつらにも声をかけるとも言っていた。さすがに文化祭のときほどはたくさんの人は集まらないだろうけど、永戸の顔の広さを考えるとそれなりの人数は来そうな気がした。

「染野と朝宮ちゃんがもう一度立ち上がってくれたのは、親友として誇らしいよ」

学校で会ったときに報告すると、永戸は腕で目元を隠し、「ううっ」と泣き真似をして彼らしく激励してくれた。やる男だと思ってたよ、と僕の背中を力強く叩いてもくれた。

マイクやアンプなど、路上ライブに必要な機材も永戸が貸してくれる。次こそ失敗しないように、盤石の態勢で臨むつもりだ。

修司さんにひと声かけてから貸しスタジオに入ると、僕はさっそくギターを弾きはじめる。路上ライブで客に足を止めてもらうには、まずは誰もが知っているような有名な曲を歌うといいと修司さんがアドバイスしてくれた。

朝宮と話し合い、当日は三曲歌うことに決まった。そのうちのふたつは有名な曲をカバーして、最後は『止まらないラブソング』を歌うことになった。千夏のためにつくった曲は、今回は僕から取り下げた。

マイクの準備が整った朝宮は、僕のギターの演奏に合わせて歌いはじめる。彼女の歌を生で聴くのは久しぶりだった。文化祭の一件以降は動画でしか聴いていなかったから。

予定している三曲を歌い終えると、朝宮はペットボトル入りのレモンティを飲んで喉の渇きを潤した。僕も自分の鞄の中から同じものを取り出す。

「あれ、レモンティだ。なんで染野くんが飲んでるの？」

「そんなに目の前で飲まれるとさ、見てるこっちまで飲みたくなるんだよ。サブリミナル効果的な」

「そうなんだ。おいしいよね、レモンティ」

初めて飲んだそれは、思っていたよりも酸っぱくなくて、想像以上に甘かった。

その後は利用時間ぎりぎりまで練習を繰り返し行い、サウンド速水をあとにした。

「次からは本番を想定して外で練習しよう。マイクとアンプはないけど」

サウンド速水を出たあと、自転車を押しながらふたり並んで歩いた。

朝宮は僕の目を見て聞き返す。

「どこで練習するの？」

「海なら人もいないだろうし、学校帰りにも寄れるから、この前の海でどう？」

「わかった。そうしよう」

明日からは先日朝宮とふたりで話をした公園の目の前にある、大森浜で練習することになった。

本番まで残り十日。その日に向けて、僕たちはやれるだけのことはやるつもりでいた。

「じゃあ、僕こっちだから」

朝宮に背を向けて自転車に跨がると、「あ、染野くん」と呼び止められた。

「なに？」

振り返ると、朝宮は顔を伏せて口ごもった。なにか僕に伝えようと口を開きかけては閉じて、それから首を横に振った。

「ううん、やっぱりなんでもない。頑張ろうね」

「……うん。じゃあ、また明日」

朝宮は顔を伏せたまま自転車に跨がり、なにも言わずに走り去っていった。

彼女はなにを言いたかったのだろう、と疑問に思いながら僕も自転車を走らせる。

その日の夜遅くに、僕はまた千夏にメッセージを送った。

『そういえば千夏の命日に路上ライブをすることになったから、もし暇だったら見に来てよ。同じクラスの女子と一緒に出るんだけど、びっくりするくらい歌がうまいから、楽しみにしてて』

このメッセージは千夏には決して届くことはないし、千夏が来てくれることもないとわかっている。時々僕はなにをしているのだろうと馬鹿みたいに思うこともあるけれど、どうしてもやめられなかった。

迷うことなくメッセージを送ると、瞬きをしている間に既読がつき、僕の携帯に千夏からの返事が届く。

『馬鹿なこと言ってないで、しゃきっとしなよー！』

それは頭の中で、千夏の声で再生された。生前も同じことを言われた覚えがあった。

きっと僕が、なにかふざけたことを送ってくるだろうと予想して設定したメッセージにちがいない。たしかに時々くだらないことや思いついたダジャレなどを送ったことも何度かあった。

タイミングこそ合わなかったけれど、僕のやることは千夏にはすべてお見通しのようだ。

そのあとは千夏の隠しメッセージを見つけるべく、様々な文字を入力してみたが、それらしきメッセージは一向に送られてこない。今までは千夏が死んでから一年以内に見つけられたらいいかと余裕をこいていたが、もうすぐその一年がやってくる。

『自分の気持ちはね、照れくさいなら言い換えてもいいんだよ』

なんの脈略もない、意味深なメッセージが返ってきた。時々こうやってはっとさせられるような言葉が届くことがあるけれど、それがなにを意味しているのか判然としなかった。

結局その日も見つけられずに、気づけば携帯を握りしめたまま眠りに落ちていた。

路上ライブ決行まで、残り一週間を切った。十月の土曜日の午後、僕と永戸は千夏の自宅に出向き、仏壇の前に座っていた。

僕と永戸は、千夏の一周忌に呼ばれたのだった。同級生の中で千夏の死を知っている人物は限られているため、僕たち以外は親族の人たちしかいなかった。

僕たちふたりは頻繁に千夏の病室に足を運んでいたから、葬儀にも一周忌にも声がかかった。千夏の両親は僕と千夏が交際していたことを知っているため、おそらく気を利かせて呼んでくれたのだろう。

「ふたりとも、受験生なのにわざわざ来てくれてありがとね。こっち来てお茶飲んでいって」

和室に隣接しているリビングから、千夏の母親が僕と永戸にそう声をかけた。永戸は腰を上げたが足が痺れてしまったようで、這いずるように和室からリビングへ移動した。

僕は苦笑しつつ、もう一度千夏の遺影に目を向ける。遺影の写真は高校一年の頃に校門の前で撮った写真だ。僕は当然写っていないけれど、そのとき隣に立っていたのを覚えている。

——今から遺影の写真を撮るから、翼はちょっと離れててよ。

高校の入学式の日、函館ではまだ桜も咲いていなかった時期に、校門の前で千夏が僕に唐突にそう言ったのだ。

写真を撮ったのは彼女の母親で、娘の遺影をどんな思いで撮ったのか僕には想像もつかない。ただ、千夏の母親が涙ぐんでいたことだけははっきりと記憶に残っている。

そんな母親の気も知らずに、千夏は写真が盛れたと呑気に喜んで僕に見せてきたのだった。

「染野くんも、お茶どうぞ」

「あ、はい。ありがとうございます」

再度声をかけられ、永戸が座っているリビングのソファに腰掛ける。永戸はテーブルの上に置いてあった和菓子を遠慮もせずにばくばく食べていた。

「もう一年経つのね、あっという間」

お茶をひと口飲むと、千夏の母親がしんみりとした口調で言った。父親は親族を自宅まで車で送っているようで、今は不在だった。

「そうっすね。一年経ったとは思えないっす」

永戸が和菓子を咀嚼(そしゃく)しながら軽い口調で返事をする。千夏の母親はタンスの奥からアルバムを引っ張り出してきて、それを見ながら思い出話をしてくれた。

「千夏はほんとに手のかからない優秀な子だったのよ。誰に似たのかな」

千夏の母親はアルバムの写真を眺めながら寂しそうに微笑み、ため息交じりにそう言った。

幼少期から最近までの千夏の写真が、そのアルバムの中に納められている。

生前の千夏は生徒会長を務めたりバレー部の部長を任されたりと、たしかに優秀な生徒だった。勉強も学年で上位だったし、友達も人並み以上に多かった。きっと家でも、家族思いの優しい娘だったのだろう。

「母の日や誕生日にはプレゼントと一緒に必ず手紙をくれてね、社会人になったら初任給で私たちを旅行に連れていくって話してて。でもそんなことより、親よりも長生きしてくれることが一番の親孝行なのにね……」

千夏の母親はハンカチを目元に押し当て、肩を震わせて涙を流した。かける言葉が見つからず、なんとも居た堪れない気持ちになる。それは永戸も同じだったようで、口に運びかけたどら焼きを一旦テーブルの上に戻して沈痛な面持ちでいる。

千夏の母親も、まだ娘を失った悲しみから立ち直れていないのだろう。彼女とは偶然外で鉢合わせして話したことが何度かあったが、そのときはそんな素振りは一切感じられなかったのに、やっぱり今でも苦しんでいるようだった。

「あの、よかったら千夏の部屋を見せてもらってもいいですか？」

ふと思い立ってそう訊ねてみると、千夏の母親は快諾してくれて、永戸と一緒に二階にある千夏の部屋へ入った。

千夏の部屋は、昔と変わらずにそのままになっていた。家具の位置や本棚の中身もあの頃のままで、懐かしさに浸りながらなにげなく机の引き出しを開けてみる。千夏が生前使っていた教科書やノートが入っていた。

「染野、まじで助かったわ。俺、母ちゃん泣かせてばっかだからさ、あのままおばさんの話聞いてたらもらい泣きしてたかも」

涙目の永戸が言いながら本棚を眺める。僕も同じ気持ちだったからここへ逃げてきたのだ。

「恋愛小説ばっかりじゃん。一ノ瀬のやつ、こういうの好きだったんだな」

永戸が千夏の本棚から適当に本を抜き取り、パラパラページをめくった。

「ああ、暇さえあれば読んでたよ。千夏が僕にメッセージを残したのも、多少は恋愛小説の影響があるかもね」

言いながら、机の下の段の引き出しも開けてみる。千夏の隠しメッセージのヒントがないだろうかと、整頓された引き出しの中を漁る。部屋を見たいと言った理由のもうひとつがそれだった。

「千夏のやつ、メッセージの中にひとつだけ隠しメッセージを残したらしくてさ」

「隠しメッセージ？」

「うん。千夏が設定したあるキーワードを打てば動画が送られてくるらしいんだけど、それがなかなか見つからなくて」

一ノ瀬らしいな、と永戸は本をめくりながら笑った。

「永戸はなんだと思う？　千夏が設定したキーワード」

「俺にわかるわけないだろ。でも一ノ瀬のことだから、案外単純な言葉だったりするかもよ」

「それがわからないから困ってるんだよ。このままだと一生見つけられない気がする」

見つけたところでなにが変わるのかはわからないけれど、ある種の使命感のようなものに突き動かされ、僕は今でもずっと探し続けているのだ。千夏が僕のために残してくれたメッセージだから、なにか大切なことかもしれないし。

引き出しの一番下の段に入っていた一冊のノートを開いた途端、飛びこんできた文字を見てどきりとした。

『わたしの部屋を探しても、キーワードは見つからないよ』

千夏はどこまで僕の行動を予測しているのだろう。おそらく最後の外出をしたときに、自宅に戻ってからこのメッセージをノートに書き、引き出しの中にこっそり忍ばせたにちがいない。

『頑張って見つけてね』

次のページにも語尾にいくつものハートを添えて、そう綴られていた。千夏は僕がこれを見つけて驚いている姿を想像して、楽しんでいたのだろう。高校生になっても彼女のいたずら好きは昔から変わらないままで、悔しくて意地でも見つけてやりたくなる。

この部屋にはヒントがないことがわかったので、千夏の母親にお礼を述べてから永戸と辞去した。

　晴れ渡った夕空の下を歩きながら、永戸がぽつりと呟いた。

「隠しメッセージなんて、ほんとにあるのかな」

「え、ないなんてことある？」

「一ノ瀬ならやりそうじゃん。あると見せかけて実際はないパターン。そうやってないものを染野に探させて、あえて無気力にならないようにさせるとかな」

　たしかに千夏ならやりかねない。だとしたら、僕はなんのために毎晩千夏にメッセージを送っていたのだろう。

「たとえばの話だから、そんなしけた顔すんなって。それよりもさ、過去ばかり見てないで、そろそろ新しい恋でも見つけたらどうなん？」

「……今はまだ、そういうのは考えられないから」

「なんでだよ。もう一年経つんだし、いつまで引きずってんだよ。俺は朝宮ちゃん、いいと思うけどどな」

　僕が押し黙っていると、「ほら、お前らふたりって似た者同士じゃん」と永戸は付け足した。

「朝宮はただの同志っていうか、相棒みたいなものだから。きっと朝宮もそう思ってるよ」

「そんなことないと思うけどなー」

「そんなことあるよ」

きっぱりと否定して、不服そうにしている永戸とそこで別れた。

暮れていく空を見上げながら、僕は歩き続けた。あと一ヶ月も経てば雪が降り積もり、この街の色も変わっていく。

千夏が死んでから、もうすぐ二度目の冬が訪れようとしていた。

季節は移り変わっていくのに、僕は一年前からなにも変わらないまま。

歩きながらポケットの中の携帯を手に取り、千夏にメッセージを打ちこむ。もうどこにもいない千夏の影を追い続け、僕は未だに前に進めずにいる。

『隠しメッセージなんて、本当にあるの？』

文字を入力したはいいものの、どうしてか千夏からの返事が怖くてそのメッセージは送れなかった。


路上ライブ前日。放課後、朝宮に誘われ、函館駅前の広場にふたりでやってきた。明日の本番に備えて、下見をしておきたいのだと朝宮が言ったから。

「思ってたより人が多いね。明日、ここで歌うのかぁ」

朝宮は駅前広場の花壇を背に立ち、広場を見渡して不安げに零した。時刻は午後四時半を回ったところ。明日の今頃はここで路上ライブの準備を進めている時間帯だ。

駅前に植えられている木々も少し前までは鮮やかな緑が映えていたけれど、今は秋の色に染まりはじめている。函館駅前を彩るたくさんの花たちも、来週には撤去作業が行われるらしく、枯れつつある花々が最後の輝きを放っているように見えた。

来年の春にはまた季節の花が植えられ、駅前広場は訪れる人を歓迎するように花たちが咲き誇るのだ。そうやって季節は巡り、移ろっていく。僕だけが取り残されているような虚無感に襲われる。

花が好きだった千夏と最後に訪れたのもこの場所だった。明日、その思い出の場所に立てることが楽しみでもあり、寂しくもあった。

「明日は快晴みたいだから、天気は問題なさそうだね」

花壇のそばにあるベンチに並んで腰掛けると、携帯で天気予報を調べたらしい朝宮が安堵の息を漏らした。

「それはよかった。明日は大丈夫そう？　緊張してる？」

「緊張はしてるけど、文化祭のときよりは全然平気。染野くんは大丈夫？」

「うん。明日はわかんないけど、今は割と落ち着いてる」

「そっか」

朝宮は鞄の中からレモンティを取り出し、道行く人を眺めながら口に含んだ。

「……あのさ」

数分の間、お互いに黙りこんでベンチに座っていると、朝宮が唐突に沈黙を破った。

「なに?」

「染野くんの……元カノさんのことなんだけど。亡くなったって聞いて……その……」

朝宮のそのひと言に、背筋がすっと伸びた。いったい誰に聞いたのだろう、と考えて、すぐに思い至った。

「永戸に聞いたのか。あいつ、誰にも言うなって言ったのに」

「私が無理やり問い詰めたみたいになっちゃったから、永戸くんは悪くないよ。それよりも、ずっと染野くんに謝らなきゃって思ってて。私、染野くんに酷いこと言ったよね。まさか亡くなってたなんて思わなくて、本当にごめんなさい」

朝宮は立ち上がると僕に深く頭を下げた。僕は慌てて彼女をフォローする。

「いや、大丈夫だから顔上げて。いつまでも引きずってて情けないってのは、事実でもあるから。永戸にもよく言われてるし」

「そんなことない。永戸くんもたぶん、本当はそんなこと思ってないんじゃないかな。染野くんを励まそうとしてるだけで……。わかんないけど」

最近朝宮が、僕になにかを伝えようとしては口ごもっていたのは、これだったのかと合点がいった。多分、今日ここへ来たのもそれが理由で、下見がしたいと言ったのはただの口実だったのだろう。

「もしかして路上ライブの日を明日にしたのって……」

「うん。明日が元カノさんの命日だって聞いたから。もしかしたら見に来てくれるかもしれないと思って」

「そっか。そうだな。見に来てくれるかもしれないな」

「うん。明日は絶対逃げないから。染野くんのためにも、元カノさんのためにも」

朝宮は俯いたまま、力強く言い切った。彼女の決心したような瞳には、もう以前のような迷いなんてなかった。朝宮と初めて会ったときに浮かべていた不安に満ちた表情も、今は霧散している。

時刻は午後五時を回った。千夏が亡くなった時間もそのくらいだったと聞いている。本当に千夏が見に来てくれたらいいなと、暮れていく秋の空を眺めながら、僕は思った。

千夏の新たな隠しメッセージを見つけたのは、その日の夜のことだった。もはや日課となっているキーワード探しをしていると、なにげなく送った文章に反応して、千夏からメッセージが届いたのだ。

『ヒントちょうだい』

そう送った瞬間だった。

おそらく千夏が、いつか僕がヒントを求めてくるだろうと予想し、設定していたにちがいなかった。

『しょうがないなぁ。ヒントはね、わたしが言ってほしかった言葉というか、気づいてほしかった言葉だよ。ていうか、あんなにたくさんヒント残したのに、どうして気づかないかなぁ』

その文面を見て、呆れながら僕に悪態をつく千夏の声が耳元で聞こえたような気がした。

千夏が僕に言ってほしかった言葉。そう言われても、ぴんとくる言葉は浮かばない。

『かわいい』

『歌がうまい』

『好き』

『優しい』

『頭がいい』

など、思いつく限り千夏を褒めてみたが、正解は一向に見つからない。

しばらくメッセージの応酬を続けていると、突然朝宮から連絡が入った。

『明日、お墓参りとか行くの？』

千夏の命日には、平日だろうと墓参りに行くと以前から決めていた。

『行くよ。でも出席日数が足りなくて休めないから、昼で早退して行こうと思ってた。路上ライブが終わってからじゃ遅くなるし』

『そっか。もしよかったら、私も一緒に行っていい？』

『べつにいいけど』

『ありがとう。じゃあ、明日ね』

朝宮は最後にウサギがいびきをかきながら眠るスタンプを送ってきて、そこでやり取りは終わった。

どうして朝宮もついてくるのだろうと疑問に思いながら、僕はまた千夏の隠しメッセージの捜索に当たった。


路上ライブ当日。その日の午前の授業が終わってから、僕は早退届を提出して学校をあとにした。

一緒に早退すると怪しまれるので、朝宮はひと足先に早退して着替えてから来ると言っていた。

花屋へ寄って仏花を購入し、待ち合わせの場所へ自転車を走らせる。

函館駅前で紺色のパーカーを羽織った朝宮と落ち合い、そこからバスに乗って海のそばにある市営墓地へと向かった。

「べつにいいんだけどさ、どうして朝宮もついてきたの?」

バスに揺られながら、昨夜疑問に思ったことを朝宮に問いかける。彼女は千夏とは面識がないし、わざわざ早退してまで同行した理由が知りたかった。

「私、一年のとき一ノ瀬さんと同じクラスだったから」

「え、そうなの?」

「うん。特別仲がよかったわけじゃないけど、何度か話したことがあって。それに、一ノ瀬さんに救われたこともあったから」

朝宮はそのときのことを僕に話してくれて、ふたりの意外な関係性に驚く。まさか千夏が僕より先に朝宮と出会っていたなんて。きっとそんなわけはないのに、それすらも千夏に先回りされたような気がして、話を聞きながら笑ってしまった。

バスを降り、海沿いの道を朝宮とふたりで歩く。この時季にもかかわらず、数人のサーファーたちがサーフィンに興じていて、僕たちはそれを眺めながら墓地へと足を運ぶ。

坂道をしばらく進むと、高台にある市営墓地が見えてくる。坂を登り切ったところに石川啄木一族の立派な墓があって、そのそばに一ノ瀬家の墓石が建てられている。

「あった。これだ」

広大な青い海を背に、千夏の墓がそこにあった。墓誌にはまだ、千夏の名前しか刻まれていない。千夏の両親は、ずいぶん前に墓を建てたそうだが、まさか最初に娘が入ることになるとは夢にも思わなかっただろう。

千夏が亡くなってから半年間は月命日に訪れていたが、来るたびに胸が苦しくなって、最近はしばらく来ていなかった。

左右の花立てに花を挿し、線香に火を点けて拝んだ。もう少しヒントを教えてください、なんて心の中で千夏に問いかけながら。結局昨夜も千夏の隠しメッセージを見つけられなかった。

「一ノ瀬さん、久しぶり。今日駅前で染野くんと路上ライブをするから、よかったら見に来てね」

朝宮は手を合わせ、囁くように千夏に語りかけていた。

墓参りが終わったあと、そこから歩いて五分のところにある立待岬（たちまちみさき）へ向かった。函館山の南東に位置する、津軽海峡に面した岬。断崖からは大森浜の海岸線が一望でき、壮大な景色が広がっている。

平日の昼間だけれど、家族連れや外国人観光客の姿も多く、皆、ここから見える一望千里の景色をカメラに収めていく。朝宮もそれに倣って何枚も写真を撮りはじめた。

近くにあったベンチにふたりで腰掛け、僕らは無言で遠くに見える白い船を目で追った。太陽が海面に反射して、きらきらと眩い光を放っている。

いかにも千夏が気に入りそうな場所だったが、ここは一度も訪れたことがなかった。

「一ノ瀬さんのこと、まだ好きなんだね」

持参したレモンティをひと口飲んでから、朝宮は遠くに視線を投げたまま言った。

「うん、まあ……」

「そうだよね。お互いに好きなまま離ればなれになっちゃったんだから、当然だよね」

気まずい沈黙が流れる。朝宮は僕を励まそうとしているらしいけれど、うまく言葉が出てこないようで、手持ち無沙汰にレモンティのキャップをしきりに開け閉めしていた。

「朝宮に励まされるほど、落ちぶれてはいないけどね」

見かねて助け船を出すと、「そ、そっか」と朝宮はぎこちなく笑った。今まで人と関わることが少なかったからなのかもしれないが、不器用な彼女なりに精一杯僕を励まそうとしてくれているのがわかって素直に嬉しかった。

「でも染野くんは、強いね。不登校だったけど、今はちゃんと学校に来れてるし、大切な人を亡くしたのに、前に進んでるんだなって」

「……そんなことないよ。朝宮にはそう見えてるかもしれないけどさ、毎日千夏に縋ってばかりだから」

「それって一ノ瀬さんが残したっていう、メッセージアプリのアカウントのこと?」

「永戸のやつ、それも朝宮に話したのか」

ごめん、となぜか朝宮が僕に謝罪してきた。隠しメッセージのことも教えてやると、朝宮は「そんなこともできるんだ」と感心したように頷いた。

「すごいなぁ。恋人のためにメッセージを残してくれるなんて。愛だね」

「朝宮だってすごいじゃん。視線恐怖症は僕にはどんな感覚なのかはっきりとはわからないけど、ちゃんと学校に来てるし、路上ライブだってやるって決めて練習も頑張ってた」

「でもそれは、染野くんのおかげだから」

朝宮は僕の目を見つめて言下に答える。照れくさくなって思わず僕の方が目を逸らし、「そろそろ行こうか」と話を切り上げてベンチから立ち上がった。

「本当にありがとね、染野くん」

背中越しにそんな声が聞こえた。僕は振り返らずに、「こちらこそ」とぼそりと答えて来た道を戻った。

函館駅に着くと、朝宮とは一旦別れた。まだ路上ライブまでは時間があるし、僕にはライブ前に行くところがあった。

「じゃあ、ちょっと用事があるからまたあとで。現地集合でいい？」

「うん。またね」

朝宮は喉を慣らしにカラオケへ行くというので、それを見送ってから僕は目的地へと急いだ。

路上ライブが成功するように、僕も最後の準備に取りかかった。


二時間後、自宅に戻ってギターを背負い、路上ライブの会場である函館駅前へ自転車で向かった。

時刻は午後四時半を回ったところで、駅前は帰路につく学生たちが行き交っていた。駅前広場に複数あるバス停に、列がいくつもできている。

花壇のそばのベンチに腰掛けていた朝宮を見つけ、声をかける。

「ごめん、遅くなった。永戸はまだ来てないの？　マイクとアンプ持ってきてくれるはずなんだけど」

朝宮は顔を上げると、目を丸くしてぽかんと口を開けた。

「え……染野くん？」

「そうだけど、どうかした？」

「え、いや、どうしたの、その髪の毛」

朝宮は僕の髪の毛を指さす。写真撮っていい？　と聞いたかと思うと朝宮は許可もしていないのに携帯のカメラのレンズを僕に向けてきた。

「これなら目立つから、朝宮への視線も分散されるかなって」

前髪の毛先をいじりながら補足する。視界に薄らと赤が見える。

「だから赤く染めたの？　……ぷっ。全然似合ってないよ。しかも髪の毛つんつんに尖ってるし」

朝宮は口元を押さえて笑いを堪えていたが、ついには声に出して笑いはじめた。朝宮だけに視線が集まらないように、必死に考えて思いついたのが、僕が朝宮より目立つことだった。

さらに目立つようにワックスとスプレーで毛先を固めて立たせてみたが、少しやりすぎたかもしれない。新撰組カフェで使った羽織も着用するか迷ったが、さすがにその姿でギターを演奏するのは画的に格好がつかないのでやめておいた。

「え、そんなに似合ってない？　赤か青で迷ったんだけど、やっぱり青にすればよかったかな」

「そういう問題じゃないというか、なにもそこまでしなくてもよかったのに」

泣くほどおかしかったのか、朝宮は目尻の涙を指で拭いながら笑った。

「でも、ありがと。さっきまで緊張してててベンチで固まってたから、今のでだいぶほぐれたと思う」

半分笑いながら朝宮は僕にお礼を述べる。朝宮の緊張を解くために染めたわけではなかったのだけれど、少しでも気持ちが軽くなったのならよしとした。

「機材持ってきたぞー。って、誰お前！　ぎゃははっ、なんだよその頭」

永戸が機材を持ってきてくれたかと思えば、僕の頭を指さしてゲラゲラ笑い出した。似合ってねー、とか言いながら。

それを見た朝宮がまた噴き出した。路上ライブが終わったらすぐに黒髪に戻そうと決めて、永戸が持ってきてくれた機材を受け取って準備を進める。

予告した時間まで十五分を切った。駅前広場は次第に人が集まってきて、永戸の知り合いのバンドマンやクラスの連中も続々とやってきた。

藤代と西島と川浦も到着して、僕の頭を見て笑い転げたあとに「わざわざ来てやったんだから、しっかりやれよ」と藤代が彼らしい激励をくれた。

朝宮はキャップを目深に被り、ツバで視線を遮りつつ集まった聴衆を見渡していた。

「どうしよう、川瀬さんが来てる」

朝宮が青ざめた顔で僕に耳打ちした。

「誰それ。友達？」

「中学の頃、私のことをいじめてた人」

朝宮は取り乱して呼吸が荒くなる。一旦ベンチに座らせると、彼女はレモンティをひと口飲んで自身を落ち着かせた。

「大丈夫？」

そう問いかけても、彼女は俯いたまま答えない。時刻は五時を回ったが、朝宮は一向に立ち上がろうとはしなかった。

「きつそうだったら日を改めてもいいと思う。機材トラブルって言えば皆わかってくれるだろうし」

僕の提案に、朝宮はかぶりを振る。

「今日やるって決めたから。それに、今日じゃないと意味がないし」

「千夏の命日のことなら気にしなくていい。朝宮は自分のことだけ考えたらいいから。永戸も藤代もいるし、この場はあいつらに任せればなんとかしてくれると思う」

朝宮は下唇を噛みしめて、さらに強く首を横に振った。

「もう逃げたくない。それに一ノ瀬さんのためにも、今日じゃないとだめなの」

朝宮は深く息を吐き出すと、ベンチから立ち上がってスタンドマイクの前まで歩いた。

予定していた開始時刻より、すでに十分が過ぎていた。僕たちがいる花壇のそばには、ざっと見て三十人ほどの人だかりができている。朝宮がやると言うのなら、僕はそれに従うしかない。急いでギターをアンプに繋いだ。

朝宮は僕を振り向き、小さく頷いてからマイクに口を近づけた。

「あの……は、初めまして。今日はお集まりいただき、ありがとうございます。私は普段レモンティという名前で動画を投稿しているんですけど、最近は隣にいる染野くんとふたりで、シャットインという名前で活動しています。実質今日が初めての活動なんですけど、よかったら最後まで聴いていってください」

朝宮は集まった聴衆には一瞥もくれずに、俯きがちに辿々しく挨拶を終えた。ぱちぱちと、疎らな拍手が返ってくる。

永戸たちは指笛を鳴らしたり、声を上げたりして場を盛り上げてくれていた。

朝宮は僕に目を向け、また小さく頷いた。それを合図に、僕はギターの弦を弾く。

一曲目は、誰もが知っているであろう有名な曲のカバー。レモンティの動画の中で、最も再生回数が多かった曲でもある。

もがきながら苦しんでいる現在の自分が、未来の自分へ宛てた手紙をそのまま歌にしたような前向きな曲となっている。

イントロが終わると、朝宮は優しく語りかけるように歌いはじめた。歌い出しは声が震えていたが、次のフレーズで立て直してほっと胸を撫で下ろす。

朝宮の清澄な歌声が、駅前広場の隅々にまで響き渡る。聴衆の心を一瞬で摑んだ気配を肌で感じた。その場にいる全員が朝宮に注目し、熱い視線を送っている。

僕はその天使のような甘い歌声に酔いしれながら、ふわふわとした気持ちでギターを弾き続ける。

未来の自分に希望を求めるように問いかけるその歌詞が、苦しみ続ける朝宮の現状とリンクして、まるで彼女の魂の叫びであるかのように力強さと説得力を伴っていた。

朝宮の澄んだ歌声に惹かれて足を止める人が次第に増えていく。動画を撮っている人もいて、よく見ると永戸もそのひとりだった。そういえば修司さんが永戸に動画をもらうと話していたっけ。ギターを弾きながら、冷静にもそんなことを考える余裕すらあった。

空を仰ぐと太陽はすでに沈んだようで、オレンジと青のコントラストが見事に映えている。

朝宮はいつもより感情が入ってしまったのか、最後のサビではまた声が震え、途中からは僕のギターの音だけしか残らなかった。でも彼女は再び絞り出すように声を発し、そのまま最後まで歌い上げた。

朝宮が最初に挨拶をしたときとは比べものにならないほどの拍手が沸き起こった。

朝宮は肩で息をしながら視線を上げ、涙を堪えるように下唇を嚙み、それから聴衆に向かって深く頭を下げた。

僕も朝宮に続いて頭を下げる。髪の毛赤いぞー、という永戸の野次が飛んできた気もしたが、その声も拍手の音にかき消されるほどだった。

辺りはだいぶ薄暗くなっていて、ぽつぽつと街灯が点きはじめている。

拍手が鳴りやむと、朝宮はマイクを握りしめ、静かに口を開いた。

「あの……私……」

朝宮は顔を伏せたまま、聴衆になにか伝えようとして口ごもった。歌っているときは堂々としていたのに、話すときはいつもの朝宮に戻ってしまうらしい。

「朝宮。今日は時間制限がないから、焦らなくていい。言葉に詰まったらこの頭を見て、気持ちをリセットしてもいいから」

自分の頭に指をさして朝宮に笑いかける。僕の頭を見ると強張っていた朝宮の表情が和らぎ、軽く噴き出した。それから「ありがとう」と小さく呟いて前に向き直った。

一度深呼吸をしてから、朝宮はマイクに口を近づけた。

「あの……実は私、中学の頃いじめられてて、それが原因で視線恐怖症になって、ずっと家から出られなかったんです。シャットインという名前の由来もそこから来ていて、横にいる染野くんも引きこもりだったから、この名前にしました」

朝宮はまた、キャップのツバで視線を遮るように俯き、重たい話を始めた。

僕は驚いたものの、彼女の好きにさせようと心を決めた。

集まった人たちは、どこか祈るような眼差しで朝宮を見守っている。この場にいるであろう川瀬さんとやらは、今どんな気持ちで朝宮の話を聞いているのか、僕には想像もつかなかった。

「でも、苦しかったときに音楽が私を救ってくれたんです。音楽はいつだって私のそばにいてくれて、寄り添ってくれて、励ましてくれた。だから今度は、私のように苦しんでいる人を私の歌で救えたらいいなって、そう思ったんです」

朝宮は涙ながらに訴えかける。彼女のその切実な言葉は、マイクを通して駅前広場の隅々にまで染み渡るように響いた。

朝宮のファンなのか、ペットボトルのレモンティを握りしめている人も見える。きっと朝宮の思いは、たくさんの人の胸に届いている。

僕はギターを抱えたまま、朝宮の話の続きを待った。

「私、文化祭のステージでは逃げ出して、いろんな人に迷惑をかけちゃったんですけど、今日は逃げずにここへ立つことができました。それで……それで……」

朝宮の言葉の途中で、再び拍手が沸き起こる。拍手を浴びた朝宮はもう言葉にならないようで、涙に濡れた目を僕に向けて二曲目の合図を送った。

僕はイントロを奏ではじめる。次の曲は文化祭でも披露する予定だった曲だ。夏の終わりを予感させる切ないナンバーで、これまで様々なアーティストがカバーし続け、何年経っても色褪せない名曲となっている。

朝宮の透明感のある歌声が、再び駅前広場に染み渡っていく。枯れはじめている花壇の花々も、朝宮の活力に満ちた太陽のような歌声を浴びて瑞々しさを取り戻し、返り咲いているように僕には見えた。

僕の演奏も朝宮の歌も、これまで練習してきた中で一番の出来といっても過言ではないほどに息が合っていた。たくさんの人の前で演奏することが、これほど心が震えることだったとは思わなかった。ギターを弾いてこんなに楽しいと感じたのも、今日が初めてだった。

曲はサビに突入する。朝宮の美しい歌声は、いつも僕をここではないどこかへと連れていってくれる。

歌詞にある『最後の花火』というフレーズが耳に入ると、いつかの夏に千夏と見た花火の光がまぶたの裏に鮮明に蘇る。

もう決して戻らないあの夏の風景が、朝宮の歌から連想されて目頭が熱くなる。朝宮の感情のこもった力強い歌が、僕の胸の奥にまで浸透していく。

駅前広場には、さらに足を止める人が増えていた。制服を着た中学生や高校生。スーツ姿の会社員。犬の散歩をしていた老人など、ありとあらゆる人が僕たちふたりに視線を注いでいる。

朝宮はマイクを握りしめ、腹の底から声を絞り出し、精一杯の思いをこめて歌い切った。

万雷の拍手が僕たちを包みこむように鳴り響く。五十人程度だというのに、体育館で聞いたものに勝っているような気さえした。

拍手と一緒に好意的な歓声があちこちで上がる。僕たちだけに送られる惜しみのない賛辞。それは大きな音の塊が正面からぶつかってくるようでもあった。

僕と朝宮は聴衆に向かって一礼し、顔を上げるとその音はやんだ。

次が最後の曲です、と朝宮は告げ、そこで言葉を止めた。

辺りはしんと静まり返り、この場にいる全員が朝宮に注目している。せっかく髪の毛を赤く染めたのに、誰もが僕ではなく朝宮に視線を送っていた。

朝宮はマイクに口を近づけるが、躊躇っているのかなかなか声を発さない。彼女の息づかいだけがマイクを通して聞こえてくる。

やがて朝宮は、そっと囁くように語りはじめた。

「最後の曲は、隣にいる染野くんがつくった曲です。彼が大切な人のためにつくった曲でもあります」

「……えっ」

僕は数秒遅れて反応する。朝宮はなにを言っているのだろう。最後の曲は『止まらないラブソング』のはずで、それは千夏のためにつくったものではない。訂正しようにもマイクは一本しかないので、どうすることもできなかった。

「その人は亡くなったそうで、実は今日が命日でもあります。染野くんが引きこもっていたのも、それが原因らしくて。でも染野くんも私と同じで、音楽に救われて今こうして外に出られるようになったんです」

申し訳程度の小さな拍手が飛び交う。僕は顔を伏せて、朝宮の話に耳を傾ける。

「最後の曲は彼女さんには届けられなかったみたいなんですけど、今ここで歌えば、届けられるような気がするんです。本当は三曲目に別の曲を歌う予定だったんですけど、どうか、私のわがままに付き合ってください」

最後のそのひと言は、僕に向けられたものだとわかった。僕の左手の指は、すでにその曲の最初のコードを押さえていた。

そして朝宮は、最後の曲紹介をする。

「今日はお越しいただき、本当にありがとうございました。最後の曲です。聴いてください。『ふたりの空』」

弾き慣れたその曲を、僕は優しく息を吹きかけるようにそっと奏ではじめる。音を大切に育てるように繊細に、それから徐々に力をこめて自分を鼓舞するように弦を弾いていく。イントロが終わると、朝宮が僕のギターの音色に声を載せるように歌い出す。

　千夏のためにつくった曲。千夏に届けたかった曲。千夏に歌ってほしかったこの曲が、今こうして大勢の前で披露できていることが奇跡のようだった。

　僕のギターの音色と、朝宮の綺麗な歌声が重なり合って、色が変わりつつある薄暮の空に吸いこまれていく。僕の書いた歌詞が、つくった曲が、天国にいる千夏に届くように、僕は力強くギターをかき鳴らす。

　朝宮も空に向かって歌う。視線を遮るように被っていたキャップを投げ捨て、声を張り上げて歌う。朝宮の行動に驚いたが、彼女は僕を振り返って笑顔を見せた。その目にはもう、不安の色は少しも滲んでいなかった。自信に満ち溢れ、凛とした表情が眩しかった。周囲の視線など意に介す素振りも見せず、彼女は歌い続ける。

　朝宮の横顔を見ていると、その姿が千夏と重なって見えた。きっといつもの幻覚だろう。しかしその幻覚はなかなか消えてはくれない。千夏が楽しそうに笑いながら、手の届きそうな距離で歌っているのだ。

　ふいに涙が込み上げてくる。千夏の姿が涙で霞む。

　零すまいと必死に堪えてギターを弾いていると、千夏と過ごした日々が蘇ってきた。

　千夏に告白をしたあとの、どこか不服そうな彼女の顔が。

夏の夜に、ふたりで見た花火の光が。

僕に病気を打ち明けたときの、少し寂しそうな笑顔が。

病院の屋上で僕がギターを弾いて、千夏が歌を歌った日のことが。

千夏の死後、部屋に引きこもって彼女が残したメッセージを探し続ける僕の姿が。

いくつもの過ぎ去った思い出たちが、朝宮の澄んだ歌声とともに流れては消えていく。


僕は泣きながらこの曲をつくったのだった。死にゆく恋人に向けて曲をつくるなんて、それは苦痛な作業だった。暗くならないように前向きな歌にしようと望んだのに、暗い曲調ばかり浮かんで完成までに時間がかかってしまった。

千夏と過ごした日々を思い出しながら綴った歌詞も、もっと希望に満ち溢れてきらきらと輝くような未来をイメージして書きたかったのに、最初は鬱々とした言葉が並んだ。

それでも千夏に届けたい一心で歌詞を書きなぐり、曲が完成した頃に彼女は死んだ。

僕は千夏になにもしてやれなかったのに、千夏は僕にたくさんの言葉を残してくれた。

その言葉には千夏の愛がたくさん詰まっていた。

逆の立場だったとしたら、僕は千夏になにか残してやれただろうか。きっとできなかったにちがいない。

この先の人生で、これ以上に誰かを好きになることはないだろうと断言できる。そう思えるほど、僕は千夏のことが好きだった。ずっと僕の隣にいて、僕がつくった曲を歌ってほしかった。ずっとふたりで生きていきたかった。

千夏が死んでから、僕の日常はなにもかもがつまらなくなった。この街の風景も花壇の花々も、全部がモノクロに映るほどのどん底にまで僕は落ちた。

千夏が残してくれたアカウントに縋り、それだけが僕の生きがいで、ただ廃人のように日々を空費しているだけだった。

そんな僕を救ってくれたのが音楽と、朝宮小晴だった。

退屈だった日々の中に現れた彼女は、僕を再び立ち上がらせてくれた。朝宮は前を向けたのは僕のおかげだと言ったが、それは僕も同じだった。むしろ僕の方がよっぽど彼女に救われていたと思う。

朝宮が逃げずに立ち向かったおかげで、僕も今、こうしてここに立てているのだから。

——音楽は人と人を繋ぐんだよ。

千夏がよく口にしていた言葉がふと蘇る。音楽が僕と千夏を繋げ、千夏と朝宮を引き合わせ、そして僕と朝宮が出会った。

そのすべてが千夏に仕組まれていたかのようで、演奏中にもかかわらず思わず笑みが零れてしまう。千夏は僕が引きこもるだろうと予想し、僕を奮い立たせるような言葉の数々を残してくれた。

彼女は死んでもなお、あのアカウントを通じて僕を励まし続けてくれているのだ。

ふと空を見上げると、暮れていく空に綺麗な月が浮かんでいた。その月を見た瞬間、なにか大切なことを忘れているような気がして、胸がざわついた。

——わたしが言ってほしかった言葉というか、気づいてほしかった言葉だよ。

そのとき、昨日千夏から届いたメッセージが脳裏を掠めた。彼女はたくさんヒントを残したとも言っていた。

僕は記憶の糸を手繰り寄せる。千夏との会話や届いたメッセージの中から、なにか繋がるものはないだろうかと。

ギターを弾きながら、ふいに千夏の言葉が頭の中で再生された。

——函館山の夜景には『スキ』の文字も隠されてるんだって。

——翼はわたしのこと、好き?

——自分の気持ちはね、照れくさいなら言い換えてもいいんだよ。

千夏が僕に言ってほしかった言葉。気づいてほしかった言葉。きっと褒め言葉かなにかだと思っていた。

　曲は最後のサビに突入する。朝宮の口から、愛の言葉が発せられる。それは千夏が勝手に書き換えた、歌詞の一部分だった。

　そうか、と僕はすべてを悟った。月だったんだ、と空に浮かぶ白い光を見て呟いた。キーワードはこんなに身近にあったのに、どうして今まで気づけなかったのだろう。ギターを奏でながらその場に膝をつき、ついに涙が零れ落ちた。演奏を止めるわけにもいかず、僕は地面に膝をついたままギターを弾き続ける。

　千夏に告白をしたとき、僕は照れくさくてちゃんと自分の気持ちを伝えていなかった。

　好きかと問われたときも、僕はただ頷いただけだった。

『スキ』が隠されてる、と言った千夏の言葉そのものが、ヒントになっていたのだ。千夏はその言葉をずっと待っていたはずだった。僕に言ってほしくて、彼女はそれをキーワードに設定したにちがいなかった。

　千夏が僕に言ってほしかったのは、愛の言葉だったのだ。直接的な言葉ではなく、月に思いを託した千夏のあの言葉が、キーワードとなっていたのだ。僕が好きと言わないから、照れくさいなら言い換えてもいいんだよと、そう伝えるために千夏はあんな風に言ったのだろう。

千夏が生きているうちに、どうしてもっと愛を伝えられなかったのか。そんな単純なことに、どうして今まで気づけなかったのか。

悔しくて悔しくて、涙が止まらなかった。最後はギターを弾くこともできなくなって、朝宮の声だけが駅前広場にこだました。

やがて曲が終わり、盛大な拍手が鳴り響く中、僕は空を仰いだ。

「月が綺麗ですね」

どこかで見ているかもしれない千夏に向かってそっと愛の言葉を囁く。

満月は星々の輝きを掻き消すように、僕と朝宮を照らしている。

あの日千夏とふたりで見た空を思い出し、再び涙が頬を伝って僕の足元に零れ落ちた。

エピローグ

路上ライブが終わった直後、騒ぎを聞きつけた数人の警察官がやってきて、余韻に浸る間もなく僕と朝宮は逃亡した。

朝宮が僕の手を引き、街灯が照らす函館の夜道をふたりで駆けた。

おそらくそんなに人は集まらないだろうと踏んでいたし、ほんの十五分程度で終わる予定だったので、路上ライブの許可を取らずに決行してしまったのはまずかった。

しばらくして駅前広場に戻ると、僕のギターケースだけが花壇のそばにぽつんと置かれていた。逃げるときにギターは手にしたままだったので、盗られたものはひとつもなかった。マイクとアンプは永戸が回収したと、メッセージが入っていた。

「びっくりしたね。まさか警察が来るなんて」

花壇のそばのベンチにふたりで腰掛けると、朝宮が安堵の息を漏らす。不覚にも大勢の前で泣き崩れてしまった僕としては、警察官の登場に正直救われる思いがした。

「予想してたより多くの人が集まったからね。最後は百人くらいいたと思うし。でもいきなり逃げ出すから焦った」

ごめん、と朝宮は手を合わせて苦笑いを浮かべる。朝宮の清らかな歌声に吸い寄せられて、駅前広場は通行人が通れなくなるほどの人だかりができていた。そのせいで通報されてしまったのだろう。

「あ、見て見て。私たちのこと呟いてる人いるよ」

朝宮は携帯の画面を僕に見せてくる。ＳＮＳに先ほどの路上ライブの動画を上げている人が何人もいるようだ。そのほとんどが好意的な言葉で僕たちを称賛してくれている。

『赤髪、泣き崩れるｗ』

その文字と一緒に、演奏中に僕が膝から崩れ落ちて泣いている動画が添えられた投稿もあった。その投稿は『いいね』がすでに三百件を超えるほどの盛り上がりを見せていた。

最悪だ、と呟いて僕は頭を抱える。赤髪で目立つつもりが、泣き崩れて注目を浴びることになるとは思わなかった。

朝宮は携帯をポケットにしまい、手に持っていたレモンティに口をつける。それをひと口飲むと、安心したようにほっとひと息ついた。大仕事を終えて気持ちが晴れ晴れとしているのだろう、その表情はライブ前に比べると弛緩している。

「最後は大変だったけど、無事に成功したね。染野くんが泣き出したときはびっくりしちゃったけど」

朝宮が冗談めかして痛いところを突いてくる。そこには触れてほしくなかったのだけれど、逆に触れないのも悪い気がしたのかもしれない。

「ごめん。最後はバシッと決めたかったんだけどさ、いろいろ思い出しちゃって……」

「そっか。一ノ瀬さん、聴いてくれてたらいいね」

「うん。てか、朝宮の歌、すげーよかったな。今までで一番声が出てたし、最後は帽子にも頼らなかったじゃん。あれは驚いたわ」

「ありがとう。私も自分でも驚いた。視線も全然気にならなくて、前を向いて歌えた。川瀬さんと目が合っても、逸らさなかった。全部染野くんのおかげだよ。本当にありがとう」

朝宮は座ったまま僕に頭を下げる。こちらこそ、と僕も彼女に感謝した。

その後はお互いに無言のまま、道行く人を眺めながら時間が流れていった。

朝宮がふと空を見上げ、「月が出てる」と呟いた。その言葉にすっと背筋が伸びた。

「……あのさ、たぶんだけど、見つかったんだ。千夏の隠しメッセージのキーワードが」

朝宮が空から僕に視線を向ける。そして携帯をポケットから取り出した僕の手元を見て、彼女は姿勢を正した。

「え、もしかして今送るの？　私はいない方がいいよね」

「いや、待って」

ベンチから立ち上がって帰ろうとした朝宮をとっさに呼び止める。ひとりで向き合う勇気がなかった。

「できればそこにいてほしい。いるだけでいいから」

「……わかった。じゃあ、私はここで音楽を聴いてるから、終わったら教えて」

朝宮はそう言うとイヤホンを携帯に繋いで耳に挿した。彼女の気遣いに感謝しつつ、僕は千夏へのメッセージを打ちこむ。


――月が綺麗ですね。


それが千夏が僕に言ってほしかった言葉、気づいてほしかった言葉だと、僕は予想した。『好き』の言葉は一度試したことがあったので、これ以外考えられなかった。学校の屋上で朝宮が教えてくれて初めて意味を知ったのだ。この言葉には、『愛してる』が隠されているのだと。

僕が千夏のために書いた歌詞の一部分もまた、『愛してる』に書き換えられていた。その言葉は以前真っ先に試したが不正解だった。

ならばこれしかないだろう。千夏からの返信内容の中に、月に関するものがいくつかあった。それもきっと僕に気づいてほしくて適度にちりばめていたのだろう。

僕は祈るように携帯を握りしめ、覚悟を決めてから千夏にメッセージを送った。

心の準備がまだ整っていないのに、瞬時に既読がついて返事が送られてくる。

ぽんっ、という通知音とともに、横向きになった三角のマークが画面上に表示された。

それは見慣れた動画の再生マークで、ようやく鍵を開けられたのだと胸が震えそうになった。

僕の知らない千夏に会える。嬉しい半面、これでもう千夏の隠しメッセージを探す日々には戻れないのだと思うと、再生するのが惜しい気もした。

一度深呼吸をして息を整え、再度携帯と向き合う。

数分画面を凝視したあと、僕は小刻みに震える指を伸ばし、その三角のマークをタップした。

動画が再生される。病室のベッドに腰掛け、こちらを見つめる入院着姿の千夏が映し出される。

その瞬間涙が込み上げ、千夏の姿が霞んだ。

『やっっっっと気づいてくれたんだね。前に函館山の帰り道でスルーされたときは焦ったよ。まさか言葉の意味を知らないとは思わなかったなぁ。なんかむかついたから、気づいてくれないと永遠に解けないキーワードにしたの。

でもさ、一度でいいから言われてみたかったんだ。そういう愛の言葉。まさか初めてが画面越しだなんて、翼らしいというか、かっこ悪いというか……。

最初は『愛してる』をキーワードにしようと思ったんだけど、いくら翼でもすぐに気づいちゃうかなって、それと同じ意味を持つ言葉にしたんだよ。

それで、キーワードを見つけるまでどのくらいかかった？　きっと翼なら、最低でも一年。もしかしたら三年？　それとも五年経ってる？　いや、十年経ってたりして。翼ならあり得そうで怖いなぁ。ていうか、この動画にたどり着けないパターンも考えなきゃだなぁ。

まあそうならないように、たくさんヒントを残したんだけどね。鈍感だから気づいてくれたか疑わしいけど』

ため息交じりに嘆く千夏。酷い言われようだけれど、もう一度千夏に会えたようで胸が熱くなった。

この動画を撮ったのはいつだろう。顔色は悪く、相当無理をして話しているのが画面越しに伝わってくる。

　それでも千夏は、そんな素振りは一切見せずに笑顔を崩さなかった。

『翼、ちゃんと学校行ってる？　それとももう無事に卒業できたのかな。翼がいつこの動画を見つけたかわからないけど、まだ卒業してないことを前提に話すね。

　わたしが死んだら、翼はきっと今よりももっとダメ人間になって、部屋に引きこもって、めそめそくよくよして、不登校になることはわかってます。言葉で愛を伝えてくれることはなかったけど、翼がどれほどわたしのことを好きなのかは、ちゃんと伝わってるから。だからきっとそうなるだろうなって思ってるし、心配してる』

　今よりももっとダメ人間になるってなんだよ、と思わず声に出して突っこんでしまう。その声は震え、瞳からは涙がひと粒零れ落ちた。

『そうならないようにつくったアカウントだったんだけど、お役に立てたかな。わたしの予想だと、翼は毎晩泣きつくようにわたしのアカウントにメッセージを送って、この隠しメッセージを探してたんじゃないかな。当たってる？』

当たってるし、めちゃくちゃ役に立ったよ、と画面の中の千夏に語りかける。悔しいけれど、千夏の予想は全部当たっている。僕のことを知り尽くしている彼女には、僕の行動は全部お見通しだった。

『わたしがそばにいてあげられなくてごめんね。でもその代わり、翼がダメダメ人間にならないようにいろんな人に頼んでおいたから。わたしがいなくても、翼が生きていけるように。永戸くんには翼が不登校になったら引っ張ってでも学校に連れていってって。それから西島くんにも川浦くんにも、翼のことを気にかけてねってお願いしておいた。でも藤代くんには、今までどおり翼に厳しく接してねって頼んだの。皆が皆、翼に優しくしてもよくないかなって思ったから。

わたしがいなくても、今の翼にはいい友達がたくさんいるよ。永戸くんも藤代くんも、皆翼のこと大切な友達だからって引き受けてくれたんだよ。だから翼も、友達のことは大切にしてね』

お母さんと修司さんにも頼んでおいたから、と千夏は付け足した。

だから永戸はいつになくしつこく学校へ来いと誘ってきたし、西島と川浦もよく話しかけてくれたのか。藤代はいつも以上に僕に厳しかったし、千夏の母親は顔を合わせるたびに僕に優しく声をかけてくれていたっけ。修司さんは相変わらず優しかったので、そこはいつもどおりだったけれど。

　まさかそれらすべてが千夏の差し金だったなんて。

『わたしも三年間、皆と一緒に高校通いたかったなぁ。文化祭とか体育祭とか、青春のすべてが詰まってる行事だよね。まあ翼はどっちも積極的に参加するようなタイプじゃないと思うけどね。わたしの高校生活はたったの一ヶ月間だけだったけど、何人か友達ができたんだよ』

　千夏は誰を思い浮かべているのだろう。その中のひとりに、朝宮もいてくれたらいいなと僕は願った。

『でもさ、翼は頑張ったよ。だって今、この動画を見てるでしょ？　ってことは、わたしが設定したメッセージはほぼ全部読んだってことだよね。全部読んだなら、翼はきっと立ち直れてるはず。よく頑張ったね。

　さて、前置きはこのくらいにして、ちょっと真面目な話をするね』

千夏はそう言ってから咳払いをひとつして、背筋を伸ばして緩んでいた表情を引き締めた。

僕は零れた涙を拭い、目を逸らさずに画面を見つめて千夏の次の言葉を待った。


『今からわたしが言うことは、絶対に守ってください。

まずひとつは、これからもずっと、死ぬまで音楽を続けてください。きっと翼はわたしがいなくなったあと、無気力になって曲をつくることもやめると思うけど、でも、これからもつくり続けて。わたしは翼がつくった曲が世界で一番好きだし、わたしが翼の一番最初のファンなんだからね。翼がつくった曲だと、やっぱり『止まらないラブソング』が一番好き。メロディがすっごく好きだし、ラブソングなのに好きとか会いたいとか愛してるとか、そういう直接的な言葉がなくて。なのに切なくて胸が苦しくなるんだよね。翼は才能があると思うから、これからもたくさん曲をつくってね。

音楽は人と人を繋げてくれるから、続けていけばいつかまたいい出会いがあるよ。わたしと翼が出会ったようにね。

それからふたつ目。翼は自分の気持ちをなかなか伝えられない人だから、これからはごまかさないでちゃんと伝えること。

ありがとうとか、ごめんなさいとか、好きとか嫌いとか。そういう気持ちや思っていることを照れずに言えるようにしなきゃだめだよ。人はいつ死ぬかわからないんだから。

最後に三つ目。よく聞いてね。

わたしにメッセージを送るのは、今日で最後にしてください。翼はまだわたしのことを引きずっているだろうけど、それも今日でおしまい。

わたしのことはたまに思い出すだけでいいから、そろそろ前を向いて進んでください。そうしたらわたしも安らかに眠れるから。

今日の日付が変わるまでなら送ってもいいから、明日になったらこのアカウントのトークは消して。

今言った三つは、必ず守ってね』

三つ目の約束だけは、どうしても守りたくなかった。僕はこれからも千夏にメッセージを送り続け、時に励まされたり背中を押されたりしながらこの先も生きていきたかった。

隠しメッセージを探す楽しみはなくなったが、それでも僕はこのどうしようもないほど意味のないやり取りを続けていきたかった。

こんな一方的な約束をされるくらいなら、この動画を見つけるべきではなかったと酷く後悔した。

『じゃあ、そろそろ翼がお見舞いに来てくれる時間だから、この辺にしておくね。これでもう、本当の意味でお別れだね。

わたしがいなくても翼はもう大丈夫だよね。本当はまだまだ心配なんだけど、でもいつまでもわたしに縋ってちゃだめだから、約束は守ってね。

今からお見舞いに来てくれる翼にも改めてお礼と好きな気持ちを伝えるけど、これを見てる翼にも伝えるね。

今までそばにいてくれてありがとう。わたしは幸せだったよ。一緒に幸せになりたかったけど、わたしは天国で幸せに過ごすから、翼はこっちの世界で幸せになってね』

数秒の沈黙のあと、千夏はカメラをじっと見つめて、声を震わせて言った。

『本当に楽しかった。大好きだよ、翼。

ずっとずっと……愛してる』

僕が言えなかった愛の言葉を、またしても千夏は僕に届けてくれた。胸の奥がじんと熱くなって、視界が涙で霞んでいく。

やばい！　翼が来た、と涙目になった千夏は慌てて撮影を中断し、そこで動画は終わった。たぶん、僕が来たというのは彼女の嘘だろう。僕に涙を見せたくなくて、とっさに動画を終わらせたのだ。

この画面の向こうで、泣いている千夏の姿が見えた。

僕にだって千夏の考えていることくらいわかる。今の動画も、きっと何回も撮り直したにちがいない。よく見ると目元に涙の筋が残っていたから。

僕はもう一度頭から動画を再生する。自分だけ言いたいことを言って、ずるいじゃないかと彼女を責め立ててやりたかった。僕だって千夏に言いたいことはたくさんあるのに。

千夏の方こそ僕にもっと弱音を吐いてほしかったし、僕の前で泣いてほしかった。恋人なんだから、もう少し頼りにしてくれてもよかったじゃないかと彼女に言いたかった。

でも、僕が千夏にそうさせていたのかもしれなかった。千夏の病気を知って落ちこんでばかりいたから、自分がしっかりしなければと千夏はずっと強がっていたのかもしれない。なるべく僕に心配をかけまいと、いつも僕が帰ってから泣いていたのかもしれない。そう思うと自分の不甲斐なさに嫌気がさして、余計に涙が込み上げてくる。

そのとき、隣からすすり泣く声が聞こえた。目を向けると、朝宮がイヤホンを挿したまま口元を押さえて号泣していた。

「なんで朝宮も泣いてんの?」

「ごめん。聞くつもりはなかったんだけど、途中で携帯の充電が切れちゃって……。どこかへ行こうか迷ったんだけど、隣にいてほしいって言われたから……」

「……そっか。朝宮ならいいよ、全然」

それから少しの間、ベンチに座ったままふたりで泣いた。駅前広場を行き交う人たちの視線が痛かったが、それでも僕らは無言で涙を流し続けた。

僕はまた動画を再生し、今度は朝宮とふたりで視聴した。朝宮に触れていると思われる部分もあったので、これは朝宮のことだと思うと補足すると、朝宮はまた頰を濡らした。

「一ノ瀬さんは、幸せだったんだね。よかったね、染野くん」

「うん。そうだな」

「病室にたくさん花も飾られてて、綺麗だね」

動画には、僕が千夏のために買ってきた色とりどりの花がサイドテーブルの上に置かれているのも映っていた。花の種類や花言葉などはよくわからなかったので、なるべく華やかなものを選んで千夏の病室を花でいっぱいにしたかった。

「あいつ、花が好きだったからさ。買いすぎて看護師さんに怒られたこともあったけど、いつも届けてた」

「……昔おばあちゃんに聞いた話なんだけどね、亡くなった人を想うと、天国でその人の周りに花が降るんだって。おじいちゃんが亡くなって塞ぎこんでたときに、おばあちゃんがそう教えてくれたの」

――亡くなった人を想うと、天国でその人の周りに花が降る。

僕は口の中でその言葉を繰り返した。

ただの言い伝えだろうけど、やけに印象的でイメージが浮かぶ言葉だった。

「そっか。だったら千夏のやつ、今頃天国で花に埋もれてるわ。あいつが死んでから考えなかった日なんて一日もなかったから、花で溺れてると思う。だから天国で迷惑してて、僕にこの動画を見つけさせて今日でおしまいにしてって言ったのかもな」

降ってきたたくさんの花に埋もれる千夏を想像すると、再び目の奥が熱くなってくる。その光景がなんだかおかしくて、でも美しくて、僕は笑いながら嗚咽を漏らした。

朝宮は僕の手をぎゅっと握ってくれて、泣きやむまでずっとそばにいてくれた。

その夜、僕は携帯を手に取り、千夏に最後のメッセージを送る。

『僕も千夏のこと、愛してる。ずっと言えなくてごめん。これからは後ろを振り向かずに、前を向いて生きるから、心配しないで。今まで本当にありがとう』

千夏に感謝の言葉を送ると、すぐに返事が届く。

――頑張って。応援してる。

ただの偶然だろうけど、奇跡的に会話が嚙み合って、思わず笑ってしまう。

その言葉は千夏の声で再生され、僕はしばらくその文字を見つめたあと、千夏とのトーク履歴を消した。

年が明け、卒業式が目前に迫っていた。函館市内はまだ、真っ白な雪に覆われている。

千夏がいなくなってから二度目の冬ももうすぐ終わろうとしていた。僕は千夏との約束を守り、あれから彼女のアカウントは復活させていない。

路上ライブが終わったあと、朝宮には友達ができた。朝宮がレモンティであるとクラス中に知れ渡り、彼女は一躍人気者となった。

　正体がバレてしまった朝宮は、動画を撮るときは開き直って素顔を晒し、その影響か登録者数が倍以上に増えたらしい。

　ほかのクラスや下の学年の生徒が何人か教室にやってきて、朝宮にサインを求めることもあった。朝宮は最初こそ当惑していたが、慣れてくると堂々と受け答えをしている。もはや視線も気にならないようで見事に視線恐怖症を克服したようだった。

「ふたりとも、いよいよ卒業だね。感慨深いなぁ」

　ギターの弦を張り替えながら修司さんがしみじみと言った。

　その日僕は永戸と一緒にサウンド速水を訪れ、ギターの弦の張り替えを修司さんに依頼したのだ。

「あっという間っすねぇ」

　永戸が他人事のように呟いた。

「染野くんは本当によかったの？　朝宮さんと東京の学校に行かなくて」

「あー、はい。僕はこの街が好きなので、いいんです。それに今までどおり独学で音楽を続けたいんで」

「なにかっこつけてんだよ。一緒に行けばよかったのに」

　永戸がため息交じりに零す。僕は展示されているギブソンのアコギを手に取り、適当にメロディを奏でる。

朝宮はこの春から、東京にある音楽の専門学校に進学することが決まっている。彼女は今まで僕と同様に独学で音楽をやっていたが、今後は本格的に学んでアーティストになりたいのだと話していた。

路上ライブが終わったあと、一緒に行かないかと誘われていたが、迷った末に断った。僕は函館市内の大学に進学し、これからもこの街で音楽を続けるつもりだった。

——千夏との約束を守るために。

「それじゃあ、シャットインは解散しちゃうの？　永戸くんに動画見せてもらったけど、すっごくよかったのになぁ」

「いや、解散はしないです。僕がつくった曲をレモンティのチャンネルで歌ってもらうつもりなので」

「そっか。それはまた楽しみだなぁ」

弦の張り替えが終わり、永戸とサウンド速水をあとにした。

家に着いてから、僕はさっそくメンテナンスを終えたばかりのギターを抱えて曲づくりを始める。コード進行はある程度決まったので、あとはそこにメロディを載せていくだけだ。

以前は暗い曲しかつくれなくなっていたが、今は自分でも驚くほど前向きな曲をつくれるようになった。

千夏の最後のメッセージを見たあと、僕は生まれ変わったのだ。あの頃の落ちぶれていた僕はもうどこにもいない。千夏に言われたとおり、僕はこっちで幸せになると決めたのだから。


卒業式が無事に終わり、春休みに入った。僕はどこへも行かず、部屋にこもってひたすら曲づくりに没頭していた。

そんな日々を過ごし、三月も終わりが近づいてきた頃。僕はその日、朝宮と一緒に函館駅前広場に来ていた。花壇にまだ花は植えられていないが、四月の中旬頃になると花壇の整備が進み、辺り一面花でいっぱいになる。

積もっていた雪もだいぶ解けて、今は路肩に黒ずんだ雪が少し残っている程度。春がすぐそこまで迫っていた。

朝宮はギターを背負い、スーツケースを片手に広場を眺めている。昨年の路上ライブで歌った場所に立ち、噛みしめるようにそこからの景色を楽しんでいるようだった。

朝宮はこのあと、函館空港から東京へと旅立つ。

「呼び出してごめんね。東京に行く前に、最後に染野くんと話がしたかったから。空港まで来てもらうのは申し訳ないから、私たちの思い出の場所でお別れしようかなって」

「空港でも海でもどこでも行くよ。朝宮は僕の恩人だから」

「それは私の台詞。染野くんがいなかったら、私はまだ部屋に引きこもって、友達もできていなかったと思う」

朝宮はそう言うけれど、それは僕も同じだった。朝宮がいなければ、僕は高校を卒業できなかったかもしれない。千夏の隠しメッセージにも気づけずに、今でもまだ部屋に引きこもって探し続けていたかもしれない。

朝宮が東京に行ってしまう前に、僕も話がしたかった。

「このギター、染野くんに預けてもいい？　私がずっと使ってたギターなんだけど、こっちに置いていくことにしたから」

「え、そんな大事なギターなのに、持っていかないの？」

「うん。お父さんが東京に行くならもっといいギターを使えってうるさくて。もう音が鳴らなくなってたんだけど、おじいちゃんの形見だからどうしても捨てる気になれなくて修司さんに修理してもらったの。私が帰ってくるまででいいから、預かっててほしくて」

「わかった」

朝宮からギターを受け取る。私が有名になったら高く売れるだろうけど、売らないでねと彼女は冗談めかして笑った。

「私さ、今まで逃げてばかりの人生だったけど、これからはちゃんと逃げずに立ち向かうって決めた。だからこの街を離れて、厳しい環境に身を置きたいと思って、東京に行くことにしたの。きっと私の歌なんか霞んじゃうくらいもっとすごい人がいるだろうから、ちょっと怖いけど、楽しみでもある」

朝宮が東京の専門学校を選んだ理由をそのとき初めて知った。東京に行かずとも、札幌にだって音楽の専門学校はあるはずなのに、あえて遠くの街を選んだのはそういう理由だったのかと僕は感心した。

「全部染野くんのおかげだよ。本当にありがとう」

「いや、全然」

朝宮は最後まで僕から目を逸らさずに言った。その真っ直ぐな視線に、照れくさくて僕が先に目を逸らしてしまった。

その後はふたりとも無言でベンチに腰掛け、忙しなく行き交う人を眺めるだけの時間が続いた。朝宮はまだなにかを言いたそうで、レモンティをひと口飲んだりラベルを眺めたりして落ち着かない様子だ。

朝宮が切り出す前に、僕は先に口を開く。

「前にも言ったけどさ、僕は朝宮のおかげで学校に行けるようになったし、また曲もつくれるようになった。朝宮には本当に感謝してる」

僕は立ち上がり、朝宮に体を向ける。

自分の気持ちをしっかり伝えなきゃだめなのだと、千夏と約束したのだ。

「ありがとう、朝宮。本当はこの街で朝宮と一緒に音楽を続けたかったけど、東京に行くの、応援してる。頑張れよ」

こういうことを口にするタイプじゃないのに、しっかりと朝宮の目を見て自分の気持ちを伝えられた。照れくさくて言ったそばから汗が噴き出てくる。でも、ちゃんと伝えないと千夏にまた怒られるから、朝宮が発つ前に直接お礼を言いたかった。

「うん。こちらこそありがとうね。またそのうち帰ってくるから、ここで路上ライブしよう」

そろそろ時間だ、と朝宮は腕時計に視線を落として呟いた。函館駅構内へ入り、改札前まで朝宮を見送る。彼女の両親は空港で待っているとのことだった。

「じゃあ、行ってくるね」

「うん。曲ができたら、すぐ送るから」

「うん、楽しみにしてる」

時間が迫っているのに、朝宮は動こうとしない。まだ言い残したことがあるのか、躊躇っている様子だった。

「あの……私ね、染野くんのこと……」

「ん？」

「……ううん、やっぱりなんでもない。じゃあ、行ってくるね」

朝宮は諦観したように僕にそう告げると、一度も振り向かずに改札を抜けてホームへ出ていった。最後になにを言いたかったのだろう。まあいい、まだこれからも朝宮と連絡を取るだろうから。

電車が発車するのを見送ってから、僕は駅舎を出て広場を見渡した。

優しい風が吹き抜ける。春の匂いを感じる。僕の一番好きな季節で、思えば千夏も春を愛する人だった。

そのとき、ふと曲のイメージが降りてきて、僕は花壇のそばのベンチに腰掛けた。朝宮から預かったギターをケースから取り出し、浮かんできたメロディを奏ではじめる。

「これはいい曲になりそうだ」

ぽつりと呟き、僕はギターを弾き続ける。

僕の奏でたメロディは、春の風に乗って遠くまで流れていった。

あとがき

本作の登場人物たちのように、僕も音楽に救われたひとりでした。辛いときや悲しいとき、いつも音楽が寄り添ってくれて、勇気づけてくれました。とくに一番辛かった時期に、音楽があったから今の自分があるのだと断言できるほど、なくてはならない存在でした。

音楽を通じて出会った人も多く、僕の作品にたびたび出てくるレッドストーンズという架空のバンドも、実は高校時代に組んでいたバンドの名前から取りました。

執筆中は一層音楽に触れる日々を過ごし、作中にも登場する函館市を代表するロックバンドのライブにも参戦してきました。

改めて音楽の持つパワーは、凄まじいものがあるのだと実感しました。

今回は函館市を舞台にしており、執筆に入る前に実際に函館市に取材に行きました。車はあえて使わずに、登場人物たちと同じように自転車や徒歩、バスを利用して市内を散策しました。八月の暑い日で、レモンティを片手に汗だくになりながらも頭の中ではこれから書く物語に思いを馳せながら、修学旅行気分で歩き回ったのを覚えています。一泊の予定でしたが急遽自腹で連泊し、その甲斐あって小さな楽器店を発見したり、函館駅前の花壇のそばで路上ライブをしている人を見つけたりと、市内を巡りながら物語の骨格が徐々にできあがっていきました。
　帰る前に駅前広場に一時間ほど居座り、花壇の花々を眺めながらラストシーンを頭の中で描いていたとき、風に流される花びらを目にし、昔どこかで聞いた言葉をふと思い出しました。その言葉を軸に物語を綴っていこうと決めた瞬間でした。染野と朝宮が救われた言葉でもあり、表紙やタイトルにもある言葉です。
　皆さんもぜひ、時々故人を思い出して花を降らせてください。それから函館にも遊びに行ってみてください。訪れたのは二度目でしたが、本当に素敵な街です。また函館を舞台にした物語を書いてみたいと思うほど好きな街になりました。撮った写真はインスタに載せておきますので、よかったら覗いてみてください。

謝辞
　担当編集の末吉さん、鈴木さん。今回も大変お世話になりました。
　よめぼくシリーズに続き、素敵なイラストを描いてくださった飴村さん。ありがとうございました。
　他にもこの作品に携わってくださった皆様、本作を手に取ってくださった皆様、本当にありがとうございました。

森田碧

本書はフィクションであり、実在の人物および団体とは関係がありません。

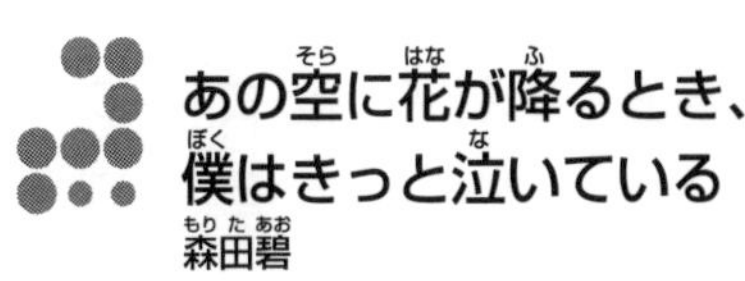

あの空に花が降るとき、僕はきっと泣いている

森田碧

2025年3月5日初版発行

発行者……加藤裕樹

発行所……株式会社ポプラ社

〒141-8210 東京都品川区西五反田3-5-8
JR目黒MARCビル12階

フォーマットデザイン　荻窪裕司(design clopper)

組版・校閲　株式会社鷗来堂

印刷・製本　中央精版印刷株式会社

ポプラ文庫ピュアフル

ホームページ　www.poplar.co.jp

N.D.C.913/280p/15cm
ISBN978-4-591-18560-5
P8111396

シリーズ55万部突破のヒット作!!
切なくて儚い、『期限付きの恋』。

森田碧
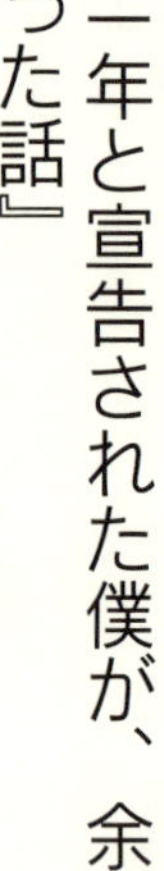
『余命一年と宣告された僕が、余命半年の君と出会った話』

装画：飴村

高1の冬、早坂秋人は心臓病を患い、余命宣告を受ける。絶望の中、秋人は通院先に入院している桜井春奈と出会う。春奈もまた、重い病気で残りわずかの命だった。秋人は自分の病気のことを隠して彼女と話すようになり、死ぬのが怖くないと言う春奈に興味を持つ。自分はまだ恋をしてもいいのだろうか？　自問しながら過ぎる日々に変化が訪れて……。淡々と描かれるふたりの日常に、儚い美しさと優しさを感じる、究極の純愛。

累計55万部突破！
「よめぼく」シリーズ初のスピンオフ！

森田碧
『余命一年と宣告された僕が、余命半年の君と出会った話 Ayaka's story』

装画：飴村

Netflixにて2024年に映画化された「よめぼく」のAnother story！ 累計55万部突破！ 高校時代、早坂秋人と桜井春奈と同級生だった三浦綾香は、余命宣告を受けながらも恋を全うしたふたりを間近で見守り、その恋に憧れていた。ふたりを亡くした喪失を胸に抱きつつもネイリストとして歩みはじめたが、あるとき柏木という男性に出会い、運命が動き出して――。解説は小説紹介クリエイターけんご氏。

森田碧が贈る、切なくて儚い物語
「よめぼく」シリーズ第3弾！

森田碧
『余命88日の僕が、同じ日に死ぬ君と出会った話』

装画：飴村

高二の崎本光は、クラスの集合写真を興味本位で〝死神〟に送り、自分と人気者の浅海莉奈の余命が88日だと知る。友人もおらず、ある悩みから既に人生に見切りをつけている光は落ち込むこともなかったが、なぜ彼女と同じ日に死ぬ運命なのかが気になった。やがて一緒に水族館へ実習に行き、浅海が深刻な病を抱えていると知って――。

森田碧が贈る、「よめぼく」シリーズ第3弾！　驚愕のラストに涙が止まらない……究極の感動作！

涙なしでは読めない、
「よめぼく」シリーズ衝撃作！

森田碧
『余命0日の僕が、死と隣り合わせの君と出会った話』

装画：飴村

高2の瀬山慶は、涙を流すと死に至る涙失病を患い、幼少期から泣くのを我慢してきたが、母が亡くなったとき涙し、生死を彷徨った。以来、全てに無感動な人間になっていたが、図書館で号泣していた同じクラスの星野涼菜から泣けるという本を借りる。その縁で映画研究部――旧〝感涙〟部へ入部し、やがてある秘密を知って……？　Netflixにて2024年に映画化された大人気シリーズ第4弾。

眠るたびに記憶を失ってしまう
桜良と死を願う悠人は…？

森田碧
『余命一年と宣告された君と、消えたいと願う僕が出会った話』

装画：飴村

高2の青野悠人は、姉を〝虫喰い病〟で亡くしてから希死念慮を抱いている。毎晩死ぬ方法を考えつつ彷徨していると、公園で何度か同級生の古河桜良を見かけた。ある夜、悠人は彼女の涙を見てしまう。その後、悠人は自殺を決行するも生き残ってしまい、病院で桜良に出会って──。桜良のある重大な秘密を知った悠人は……？　Netflixにて2024年に映画化された大人気シリーズ第5弾。